七律 竹園

二〇〇〇年二月五日

欣逢庚辰春節回首過去歲月崢嶸瞻望未來征途猶長值此新春之際書七律一首以明心志

小園靜靜碧湖邊
閱盡滄桑數百年
夏響青篁冬悅雪
晝巡紅鏡夜觀天
民生最念狂風后
世事常思細雨前
把卷南窗桑梓月
鞠躬盡瘁為蒼黔

書贈國際竹藤中心

江澤民 二〇〇八年七月十二日

注

时任国际竹藤中心主任及国际竹藤组织董事会联合主席江泽慧回忆：

二〇〇八年七月我们得知敬爱的江主席将要视察国际竹藤中心，全体科研人员和干部职工十分鼓舞。七月十日江主席来电话告知，他要赠送千禧之年春节写的一首《七律·园竹》的诗给国际竹藤中心，迅即要我用笔记录诗的全文。在记录到“昼巡红镜夜观天”诗句时，我不懂“红镜”是什么含义，江主席告诉我“红镜”寓指太阳。尔后江主席亲书《园竹》全文，于二〇〇八年七月十二日视察时赠送给国际竹藤中心作永久珍藏。

七律·园竹

二〇〇〇年二月五日

欣逢庚辰春节，回首过去岁月峥嵘，瞻望未来征途犹长，值此新春之际书七律一首以明心志。

小园静静碧湖边，
阅尽沧桑数百年。
夏响青篁冬悦雪，
昼巡红镜夜观天。
民生最念狂风后，
世事常思细雨前。
把卷南窗桑梓月，
鞠躬尽瘁为苍黔。

书赠国际竹藤中心

江泽民

二〇〇八年七月十二日

绿竹神氣

中国一百首咏竹古诗词精选

绿竹神氣

彭镇华
江泽慧
编著

纪念INBAR成立十五周年

CIPG China International Publishing Group
中国外文局
外文出版社 FOREIGN LANGUAGES PRESS

序　言

中国是竹类植物的起源中心，也是竹子资源最丰富的国家。在漫长历史进程中，中华文化形成了特有的竹文化。咏竹诗词就是中华文化百花苑中一朵瑰丽的奇葩。

《绿竹神气》一书收录了中国100首咏竹诗词，上至上古先秦，下到近现代。历代诗人寓情于竹，或歌竹居功至伟，或赞竹生命顽强，或颂竹气节坚贞。“未出土时先有节，及凌云处尚虚心。”“咬定青山不放松，立根原在破岩中。千磨万击还坚劲，任尔东西南北风。”历代诗人借竹言志的警世名句，凝结了中国竹文化的精华，成为中华民族自强不息精神的重要组成部分。

在国际竹藤组织成立15周年之际，此书的编辑出版，有助于人们深入认识中华优秀传统文化、弘扬绿竹精神。

二〇一二年九月十九日

目录

上古先秦

无名氏

弹歌[1]

断竹、续竹[2]！

飞土、逐宍[3]！

注

1 弹歌：古歌名，又名《作弹歌》。载于汉·赵晔《吴越春秋》，相传黄帝时歌谣。南朝梁·刘勰（公元466–538年）《文心雕龙》载："寻二言肇于黄世，竹弹之谣是也。"

2 断竹、续竹：伐竹制作竹弓、竹箭、竹矛。不仅可制作弓箭、矛、标，而且材质特殊，用途广泛，其穿刺、切割动物肉体极为锋利，因此，中国远古人类在有石器时代同时，或许还有一个时间更长竹器时代。

3 飞土：尘土飞扬。逐宍：宍即肉，指追赶、射击猎物。描写截竹为弓箭、矛标，尘土飞扬，逐兽围猎，壮观激奋。短短八字，为有文字记录最古老歌谣，其音律节奏有一种原始、雀跃、兴奋、呐喊、追赶、围猎气势。

狩猎壁画（公元5世纪）

花毛竹
Phyllostachys heterocycla 'Tao Kiang'

许穆夫人

公元前690–？，春秋时期（公元前770–前476年）卫国人。因嫁给许国许穆公，故称“许穆夫人”，为我国最早爱国女诗人。

卫风·竹竿[1]

籊籊竹竿[2]，以钓于淇。
岂不尔思，远莫致之。
泉源在左，淇水在右。
女子有行，远兄弟父母。
淇水在右，泉源在左。
巧笑之瑳[3]，佩玉之傩[4]。
淇水滺滺，桧楫松舟[5]。
驾言出游，以写我忧。

注

1 本篇载《诗经·卫风》。

2 籊籊：纤纤细长。

3 瑳：玉色鲜白。

4 傩：步态有度。

5 桧楫：桧柏木材作划浆。

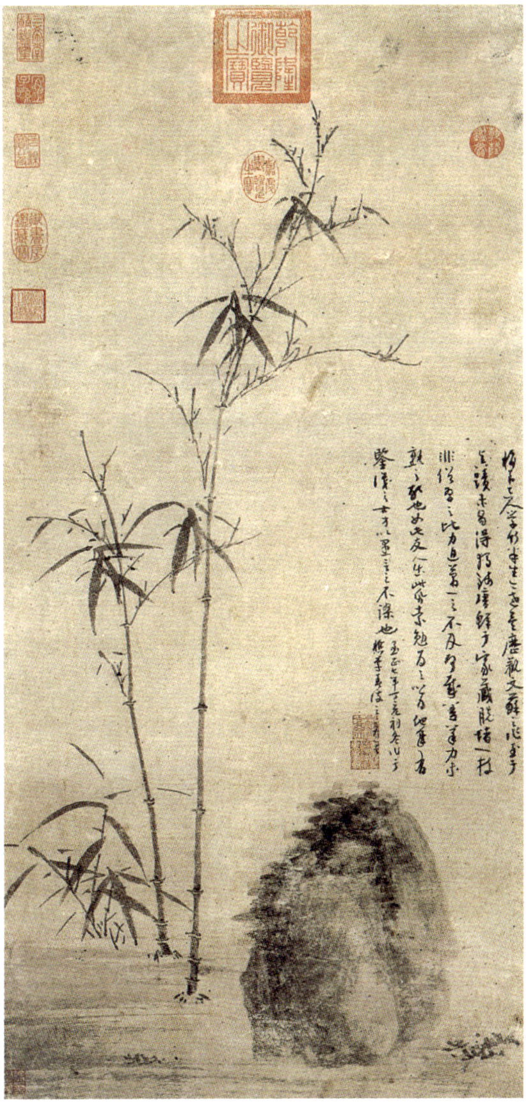

竹石图　吴镇（公元1280—1354年）

【译 文】

竹竿细又长，垂钓淇水傍。
怎不教人想？远不及想狂。
泉源左边流，淇水右边淌。
姑娘嫁得远，别兄弟爹娘。
淇水右边流，泉源左边淌。
一笑玉齿亮，翩翩佩玉响。
淇水向东流，桧桨松木舟。
驾船去飘荡，宽心且排忧。

无名氏

郑风·箨兮[1]

箨兮箨兮，风其吹女[2]！
叔兮伯兮，倡，予和女[3]。
箨兮箨兮，风其漂女[4]！
叔兮伯兮，倡，予要女[5]！

注

1 箨兮：竹笋脱落笋箨。“萚”与“箨”，古时通用，改“艹”为竹，诗境大变。非秋而春，无限生机。上古男女，何来淫词？劳动欢歌，生儿育女，天经地义。箨同“萚”，即笋壳，实为古人作遮体衣料等用。

2 女：同“汝”，指箨。

3 倡：对歌。

4 漂：同“飘”。女：同“汝”，此指箨。

5 要：相约。女：同“汝”，此指男子。这是一首上古歌谣，描写春天一群天真自由、欢快雀跃男女在竹林，当笋成竹时拾笋壳歌舞欢会情景。宋儒妄称，淫女之词。上古男女，天性使然，贬之淫词，有失自然，难免迂腐。

【译 文】

笋壳笋壳快脱下，风儿吹你轻飘飘呀！
叔叔伯伯都快来，我唱你和来欢会嗄！
笋壳笋壳快脱下，风儿吹你舞飘飘呀！
叔叔伯伯都快来，我唱你和来约会嗄！

竹筍

筍殼正面

筍殼背面

毛竹筍殼
高62公分

无名氏

小雅·采绿

之子于狩，言韔其弓。

之子于钓，言纶之绳。

注

本诗描写古时夫妻相爱和谐。可见，中国古代竹制弓箭及钓鱼竿当时已经成为家庭普遍竹制工具。

【译 文】

丈夫上山狩猎，为他装弓备箭。

丈夫钓鱼捕鱼，陪他缠线装钓。

收获弋射画像　汉代（公元前206—公元220年）

刘彻

公元前156–前87年，史称武帝，为汉朝第七位天子。著名政治家、战略家。在位54年，甚有作为。开疆拓土，对抗匈奴，武功赫赫。

瓠子歌[1]

河汤汤兮激潺湲，北渡回兮迅流难。
搴长茭兮湛美玉，河伯许兮薪不属[2]。
薪不属兮卫人罪，烧萧条兮噫乎何以御水[3]？
颓林竹兮楗石菑，宣防塞兮万福来[4]。

注

1 《瓠子歌》共二首，是汉武帝刘彻于公元前109年亲临堵塞黄河决口现场时即兴而作。中国河患悠久，传禹治水“三过家门而不入。”成为“舍小家，顾大家”典范。“瓠子”是地名，在今河南省濮阳县西南，瓠子河从此分流一部分黄河水向东流，注入古济水。公元前132年，黄河大堤决口，入瓠子河，东南流经巨野泽与淮河、泗水相通。

2 茭：竹索、竹缆。

3 此句表达没柴烧、没材料防洪水如何是好。

4 汉武帝命令砍伐百里以外皇家所属淇园之竹，用竹索做成长长竹篓装入石块以堵洪水。楗：指用大竹作为桩密密在堵口处布楗，然后塞柴草、石、土等，形成楗薪土石结构，拦堵决口，即现今所谓桩柴平堵法。

毛竹
Phyllostachys edulis

关 羽

约公元2世纪人，字云长，山西运城人。俗称关公。东汉名将，深受尊崇。三国时蜀国君主刘备爱将。相传与刘、张“桃园三结义”，忠义美谈。封汉寿亭侯，追谥壮缪侯。

画竹[1]

不谢东君意，丹青独立名。
莫嫌孤叶淡，终久不凋零。

注

1 此诗意画叶、墨竹两竿并刻于石碑上，今在庐山香炉峰南麓，有此石碑。三国刘备故乡河北省涿州有为纪念关羽而建之昭烈帝庙，其中传有关公作一幅“风雨竹画，赠曹操”，今存仿制石刻。实为汉字组成一首五言绝句诗，即画竹。

阮　籍

公元210-263年，河南尉氏人。三国魏时诗人，官至关内侯，步兵校尉。与嵇康、刘伶、山涛、向秀、阮咸、王戎合称“竹林七贤”。

修　竹（拟题）

幽兰不可佩，　朱草为谁荣？
修竹隐山阴，　射干临增城。
葛藟延幽谷，　绵绵瓜瓞生。
乐极消灵神，　哀深伤人情。
竟知忧无益，　岂若归太清。

高逸图　孙位（约公元7-9世纪）

虞羲

卒于公元5世纪初，南朝齐梁间诗人，字子阳，会稽余姚（今浙江）人。齐时为始安王侍郎，入梁任晋安王侍郎。工诗文。

见江边竹

挺此贞坚性，来树朝夕池[1]。
秋波漱下趾[2]，冬雪封上枝。
葳蕤防晓露，葱蒨集羁雌[3]。
含风自飒飒，负雪亦猗猗。
金明无异状[4]，玉洞良在斯[5]。
但恨非嶰谷[6]，伶伦未见知[7]。

注

1 朝夕池：汉·应劭《风俗通》："海，一云朝夕池。"此处借喻大江。

2 下趾：物体根底部。汉·马融《长笛赋》："秋潦漱其下趾兮，冬雪揣封乎其枝。"

3 葱蒨：青翠茂盛。羁雌：失偶雌鸟。

4 金明：指竿色灿若黄金。

5 玉洞：形容竹竿条畅通达，纯净光洁如玉，其质地精纯是制作乐管最佳良材。

6 嶰谷：昆仑山北谷名。相传黄帝命其臣伶伦作律，伶伦自大厦之西至阮隃（昆仑）之阴，取竹于嶰谷，用以定天下之律。

7 "未见知"句：嶰谷之竹有幸见于伶伦，而此品高韵清，质美形秀，却见弃于江畔，能不有恨？

刘孝先

公元483—554年，南朝梁彭城（今江苏徐州市）人。初为武陵王法曹、主薄，后归梁元帝黄门侍郎，迁侍中。善五言诗，工画，见重于世。

咏竹

竹生荒野外，梢云耸百寻[1]。
无人赏高节，徒自抱贞心[2]。
耻染湘妃泪[3]，羞入上宫琴[4]。
谁能制长笛，当为吐龙吟[5]。

注

1 梢云：高云、瑞云，以喻如云竹冠。寻：古长度单位，一寻为八尺。

2 贞心：坚贞不移品性，古代常以拟人手法借喻松竹。

3 湘妃：传说舜之二妃娥皇、女英死后为湘水之神。晋·张华《博物志》载："舜崩，二妃啼，以涕挥竹，竹尽斑。"

4 上宫：美人居所。汉·司马相如《美人赋》："朝发溱洧，暮宿上宫……芳香芬烈，黼帐高张。有女独处，婉然在床。"

5 龙吟：龙鸣。指大声啸咏。汉·张衡《归田赋》："尔乃龙吟方泽，虎啸山丘。"

隋唐五代

李世民

公元599—649年，即唐太宗，唐朝第二位皇帝。公元626年继帝位，年号贞观，在位24年。雄才大略，开创历史上著名“贞观之治”，为后来实现“开元盛世”奠定了基础。

赋得临池竹

贞条障曲砌[1]，　翠叶贯寒霜[2]。

拂牖分龙影，　临池待凤翔。

注

1 贞条：古称竹有坚贞之节。《贞观政要》：“良将不怯死以苟免，烈士不毁节以求生。”“操守有节”文字甚多：《礼记·礼器》有“其在人也，如竹箭之有筠也，如松柏之有心也。二者居天下之大端矣。”唐·张九龄诗句：“高节人相重，虚心世所知”。

2 贯：串，连结。竹且如此，人应如何？唐皇此诗，个中似有深意。

水墨竹石

徐渭（公元1521–1593年）

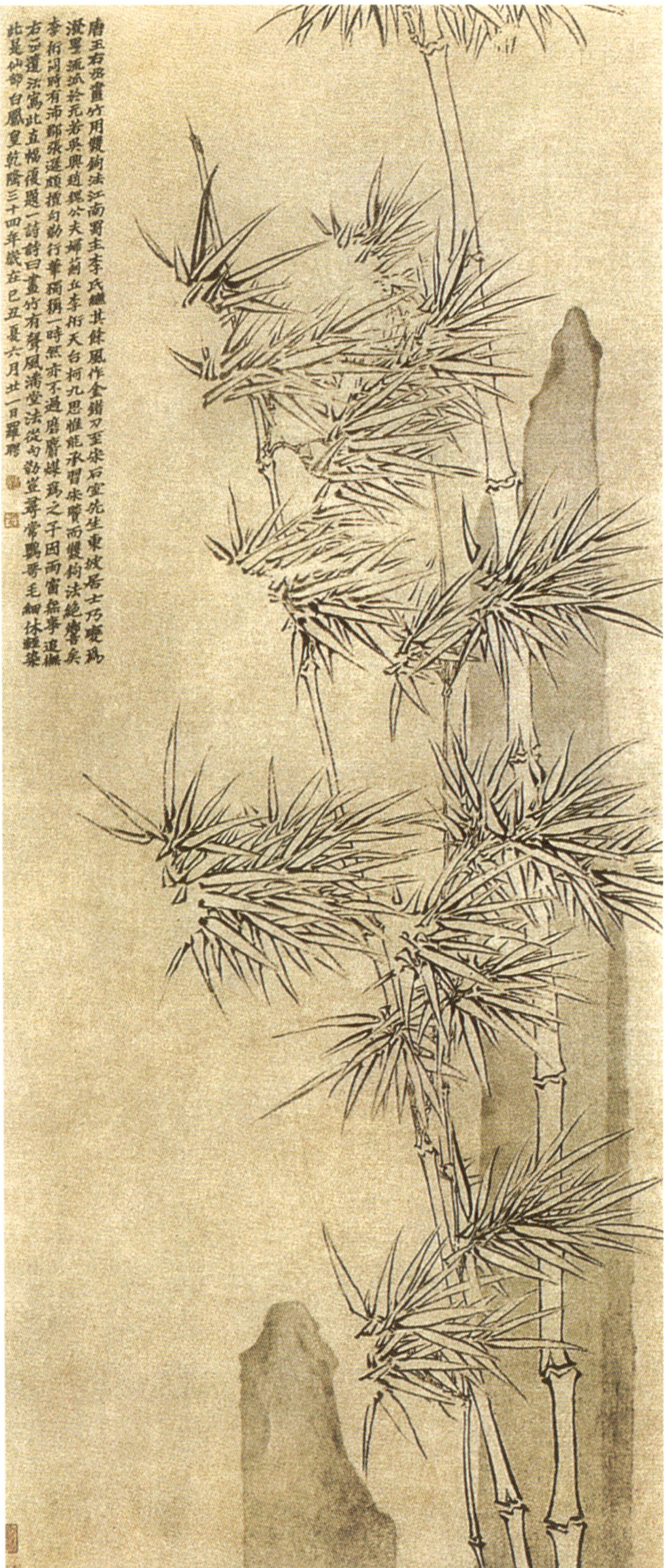

双勾竹石图
罗聘（公元1733–1799年）

张九龄

公元678–740年，字子寿，曲江（今广东韶关南）人。唐朝开元尚书、丞相，玄宗擢进士，累官左拾遗、中书令、宰相。诗人、政治家、文学家，世称曲江公。五言古诗，语言质朴，寄托深远人生展望，誉为“岭南第一人”。

和黄门卢侍御咏竹[1]

清切紫庭垂[2]，　葳蕤防露枝[3]。
色无玄月变[4]，　声有惠风吹。
高节人相重，　虚心世所知。
凤凰佳可食[5]，　一去一来仪[6]。

注

1 黄门：黄门省，唐代门下省别称。

2 清切：指宫禁中竹。

3 葳蕤：竹林长势良好，浓密，枝叶下垂状。

4 玄月：夏历九月别称。

5 佳可食：相传凤凰以竹实为佳食。

6 来仪：传说每逢太平盛世，凤凰飞来。后来就用“来仪”作为凤凰代称。喻杰出人物出现。

竹院风荷图
袁耀（约公元17–19世纪）

卢 象

卒于公元8世纪，字纬卿，唐汶水（今山东莱芜）人。开元进士，官至膳部员外郎。著有文集12卷，《新唐书·艺文志》传于世。

和徐侍郎丛筱咏[1]

中禁夕沉沉[2]，　幽篁别作林[3]。
色连鸡树近[4]，　影落凤池深[5]。
为重凌霜节[6]，　能虚应物心[7]。
年年承雨露，　长对紫庭阴[8]。

注

1 徐侍郎：疑即徐安贞，为作者同时代人。侍郎：官名。丛筱：丛生小竹。

2 中禁：即皇宫。沉沉：夜深沉貌。

3 幽篁：幽深竹林。篁：竹丛。

4 鸡树：为中书省代称。或代指宰相府第树木。

5 凤池："凤凰池"简称，禁苑中池沼。

6 凌霜节：指竹有节，具有抗霜凌霜品性。

7 能虚：有谦虚之心。应物：顺应事物变化。《史记·太史公自守》："与时迁移，应物变化。立俗施事，无所不宜。"

8 紫庭：帝王宫庭，也指仙人居所。

韦 庄

公元836-910年，字端己，杜陵（今陕西省西安市附近）人，谥文靖。曾任前蜀宰相。唐朝花间派词人，词风清丽，有《浣花词》流传。

新栽竹

寂寞阶前见此君，绕栏吟罢却沾巾。

异乡流落谁相识，唯有丛篁似主人。

王 维

公元701–761年，字摩诘，太原祁（今山西祁县）人。开元进士，累官至尚书右丞，世称王右丞。唐朝诗人，有“诗佛”之称。工诗善画，且富禅意。

竹里馆[1]

独坐幽篁里[2]，弹琴复长啸。

深林人不知，明月来相照。

注

1 竹里馆：位于辋川别墅。

2 幽篁：深邃静谧竹林。王维还有“绿竹又含新粉，红莲落故衣”诗句。

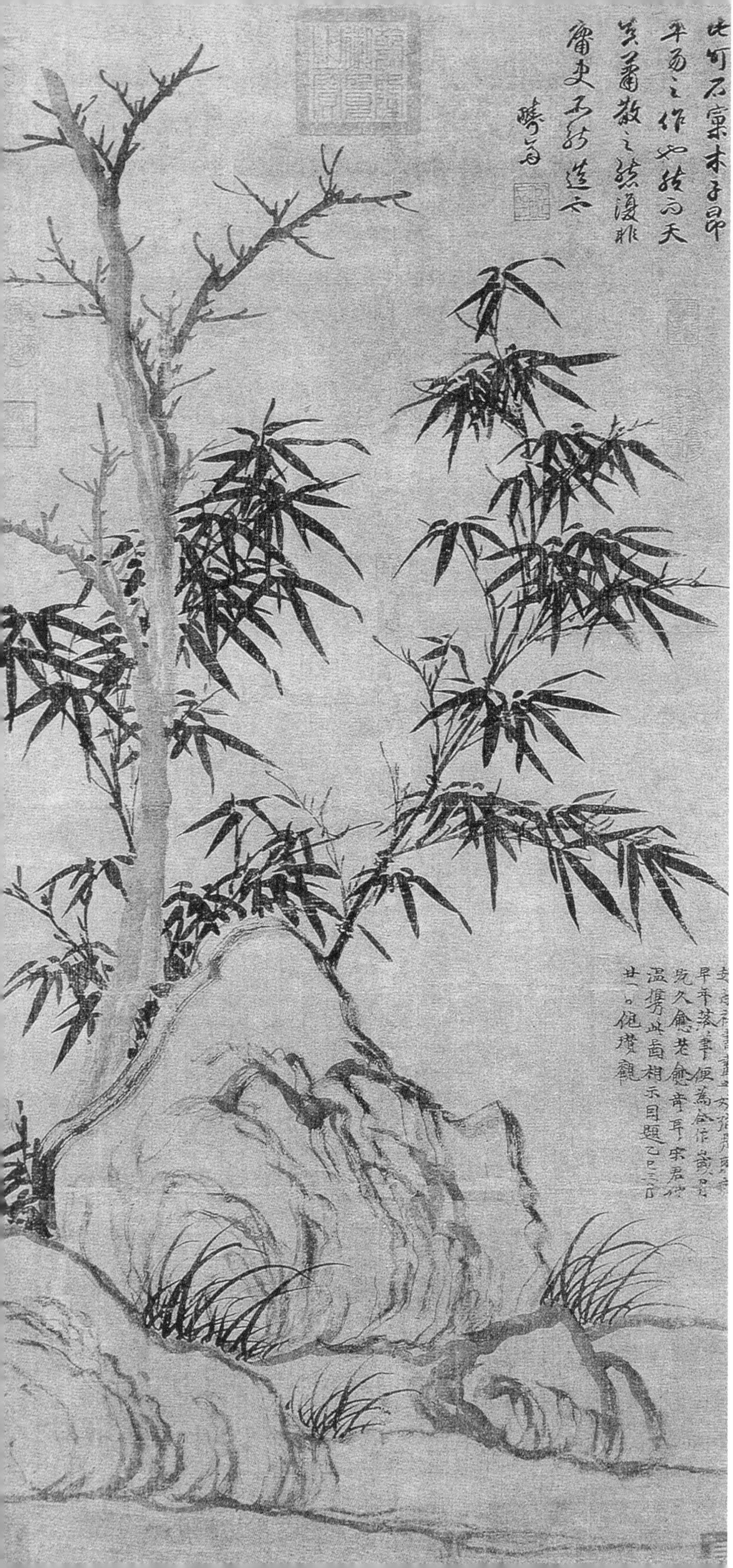

窠木竹石
赵孟頫（公元1254–1322年

李 白

公元701–762年，字太白，号青莲居士。唐时随迁居蜀隆（今四川江油南）。唐朝著名浪漫主义诗人。其诗豪迈雄壮，博大瑰奇，家喻户晓，琅琅上口，与杜甫并称为“诗仙诗圣”。

山鹧鸪词

苦竹岭头秋月辉，苦竹南枝鹧鸪飞。
嫁得燕山胡雁婿，欲衔我向雁门归。
山鸡翟雉来相劝，南禽多被北禽欺。
紫塞严霜如剑戟，苍梧欲巢难背违。
我今誓死不能去，哀鸣惊叫泪沾衣。

杜 甫

公元712–770年，字子美，祖籍湖北襄阳，出生河南巩县。盛唐时期伟大现实主义诗人。唐玄宗开元进士不第，长期漫游生活，肃宗时官至左拾遗。博览群书，诗与李白齐名，合称“李杜”。其诗称为“诗史”，多反映人民疾苦。

营屋[1]

我有阴江竹，能令朱夏寒[2]。
阴通积水内，高入浮云端。
甚疑鬼物凭[3]，不愿翦伐残。
东偏若面势[4]，户牖永可安[5]。
爱惜已六载，兹晨去千竿。
萧萧见白日，汹汹开奔湍。
度堂匪华丽，养拙异考槃[6]。
草茅虽薙葺，衰疾方少宽。
洗然顺所适[7]，此足代加餐。
寂无斤斧响，庶遂憩息欢。

注

1 营屋：经营，谋划，整治。指围绕住房周围竹林，进行抚育清理。

2 朱夏：夏季因炎热似火。傅咸赋：“应青春而敷蘖，连朱夏而诞英”。曹植赋：“在季春以初茂，践朱夏而乃繁”。

3 鬼物：万物精灵。

4 面势：方面形势。

5 户牖：门窗

6 考槃：即建筑木屋。

7 洗然：心情安详。

南村别墅图（局部）　杜琼（公元1396—1474年）

墨竹谱（局部） 吴镇（公元1280－1354年）

杜 甫

咏春笋

无数春笋满林生，柴门密掩断人行。

会须上番看成竹[1]，客至从嗔不出迎[2]。

注

1 上番：初番；首次。指早出土首批竹笋。仇兆鳌在《杜诗详注》注：“《杜臆》‘种竹家，初番出者壮大，养以成竹。后出渐小，则取食之。’”南方山区竹林春季发笋，若发现笋尖上箨叶无吐水珠，且干黄，多作退笋处理。

2 从嗔：听任人家生气或不高兴。杜老为笋而闭门，成竹而拒访，守之勤如见，爱竹意弥殷。仇兆鳌云：“杜门谢人，护笋成竹，有圣人对时育物意。”

岑参

公元714–770年，湖北黄冈人。744年举进士，唐代宗时官至库部郎，嘉州刺史。唐代著名边塞诗人，其诗歌富有浪漫主义特色，气势雄伟，想象丰富，热情奔放，尤其擅长七言歌行。

范公丛竹歌[1]（并序）

职方郎中兼侍御史范公[2]乃于陕西使院[3]内种竹，新作丛竹诗以见示。美范公之清致雅操[4]，遂为歌以和之[5]。

世人见竹不解爱，知君种竹府城内。
此君托根幸得地[6]，种来几时闻已大。
盛暑翛翛丛色寒[7]，闲宵槭槭叶声干[8]。
能清案牍帘下见[9]，宜对琴书窗外看。
为君成阴将蔽日，迸笋穿阶踏还出[10]。
守节偏凌御史霜[11]，虚心愿比郎官笔[12]。
君莫爱南山松树枝，竹色四时也不移。
寒天草木黄落尽，犹自青青君始知。

注

1 范公：范季明，作者故人。

2 职方郎中：官名。《周礼·夏官》："有职方氏，掌天下地图，主四方职贡。"唐、宋兵部下有职方郎中与职方员外部，掌地区军制，城隍镇戍简练，征诗之事。侍御史：官名，周有本下史，秦改乐侍御史。

3 使院：节度中衙署。

4 清致：清雅情趣。雅操：高尚操守。

5 和之：和他人诗词，仍用原韵，以诗酬答。

6 此君：对竹雅称。寄托立身。得地：指得到适宜生长土壤。

7 翛翛：犹萧萧。南朝齐·谢朓《冬日晚郡事隙》："飒飒满池荷，翛翛荫窗竹。"丛色寒：青翠丛竹以清凉寒意。

8 闲宵：寂寞长夜。槭槭：摇动竹叶细小声音。

9 案牍：官府文书。

10 迸笋：破土而出竹笋。

11 御史霜：御史威严如霜。隐范公任侍御史。

12 郎官笔：汉称中郎、侍郎、郎中为郎官。东汉尚书郎职司起草文书，每月赐给朱管大笔一双，故称"郎官笔"。此也隐喻范公任职方郎中即郎官。

桐荫书静图（局部）
仇英
（约公元1494–1552年）

韦应物

公元737—792年，陕西西安人。唐玄宗时官至江州、苏州刺史，多惠政，人称“韦苏州”。性高洁，常焚香静坐。诗如其人，恬淡高远，后世有“王孟韦柳”之称。

对新篁[1]

新绿苞初解，嫩气笋犹香。

含露渐舒叶，抽丛稍自长。

清晨止亭下，独爱此幽篁[2]。

注

1 新篁：新生竹，或指新笋。

2 幽篁：竹林幽深静谧。

墨竹图　郑燮（公元1693–1765年）

韦应物

行宽禅师院

北望极长廊，斜扉映丛竹。
亭午一来寻，院幽僧亦独。
唯闻山鸟啼，爱此林下宿。

卢纶

公元748–798年，字允言，山西永济人。大历初举进士，官至唐德宗时检校部郎中。工诗，为大历十才子之一。

题苗员外竹间亭

高甃绝行尘[1]，开帘似有春。
风倾竹上雪，山对酒边人。
步暖先逢日，书空远见邻。
还同内斋暇，登赏及诸姻。

注

1 甃：井壁。《庄子·秋水》："吾跳梁乎于井干之上，入休于缺甃之崖。"竹竿中空如井壁，故以"高甃绝行尘"喻绿竹高耸尘上形象。

雪堂客话图（局部）
夏圭（约公元12–13世纪）

韩 愈

公元768-824年，字退之，河阳（今河南孟县南）人。世称韩昌黎。贞元年间进士，官终礼部侍郎。在朝耿直无所忌，有惠政。与柳宗元同为古文运动倡导者，列为“唐宋八大家”之首。

新 竹

笋添南阶竹，日日成清閟[1]。
缥节已储霜[2]，黄苞犹掩翠[3]。
出栏抽五七[4]，当户罗三四[5]。
高标陵秋严[6]，贞色夺春媚[7]。
稀生巧补林[8]，并出疑争地[9]。
纵横乍依行[10]，烂熳忽无次[11]。
风枝未飘吹[12]，露粉先涵泪[13]。
何人可携玩，清景空瞪视。

注

1 清閟：清静幽邃。张九龄诗：“轩掖殊清閟，才华固在斯。”李蒙赋：“禁林清閟。”

2 缥节：新竹节有白粉之称。储霜：节上蕴聚白色粉末如霜。

3 黄苞：指笋箨苍黄色。掩翠：此指新竹竿上尚有部分笋箨还未脱落。

4 抽：形容生长迅速。

5 罗：排列。

6 高标：此指新竹凌空高耸貌。陵：磨砺侵犯。秋严：谓秋季严霜萧杀。

笋竹图
原济
（公元1642–约1718年）

7 贞色：竹坚劲耐寒贯四时而不改色。夺：胜过。春媚：春天艳丽花木。

8 稀生：生于竹林稀疏处。

9 并出：齐破土而出。

10 乍：耸、坚。依行：允许贯通、通行。

11 烂熳：杂乱而随意貌。无次：没有秩序。

12 风枝：风摇动竹枝，飘吹：旋风。

13 露粉：谓新竹节竿环白粉带上沾满露珠。涵泪：指滋润露水。

薛涛

公元768-832年，唐代女诗人，字洪度，长安（今西安）人。随父仕宦入蜀。性慧敏，工诗赋，通晓音律，多才艺。父殁遂入乐籍。暮年居浣花溪上，自制桃红色小彩笺，被后世称为“薛涛笺”。

酬人雨后玩竹[1]

南天春雨时，那鉴雪霜姿。
众类亦云茂[2]，虚心宁自持。
多留晋贤醉[3]，早伴舜妃悲[4]。
晚岁君能赏，苍苍劲节奇。

注

1 玩：欣赏；观赏。

2 众类：指各种植被。

3 晋贤：即“竹林七贤”。

4 舜妃：二妃，指娥皇、女英。

修竹侍女图　仇英（约公元1494–1552年）

张南史

生于公元8世纪末，字季直，幽州（今北京市附近）人。天宝末年（756年）任左右卫仓曹参军。工诗词。

一七字令·竹

竹，竹。

披山，连谷。

山东南[1]，殊草木。

叶细枝劲，霜停露宿。

成林处处云，抽笋年年玉。

天风乍起争韵，池水相涵更绿。

却寻庾信小园中[2]，闲对数竿心自足。

注

1 山东南：产东南，喻美竹。

2 庾信：北周著名文学家，字子山。小园：指庾信名作《小园赋》有“三竿两竿之竹”句，此诗以“闲对数竿”相应。

龟甲竹

Phyllostachys heterocycla (Carr.) Mitford

白居易

公元772–846年，字乐天，祖籍太原（今属山西）人，后迁居下邽（今属陕西渭北）。举进士，官至刑部尚书。唐代伟大现实主义诗人。其诗歌题材广泛，形式多样，语言平易通俗，有“诗魔”和“诗王”之称。主张“文章合为时而著，歌诗合为事而作。”爱竹，咏竹诗甚多。

竹窗

赏爱辋川寺[1]，竹窗东北廊。
一别十余载，见竹未曾忘。
今春二月初，卜居在新昌[2]。
未暇作厩库[3]，且先营一堂[4]。
开窗不糊纸，种竹不依行。
意取北檐下，窗与竹相当。
绕屋声淅淅，逼人色苍苍。
烟通杳霭气，月透玲珑光。
是时三伏天，天气热如汤。
独此竹窗下，朝回解衣裳。
轻纱一幅巾，小簟六尺床。
无客尽日静，有风终夜凉。
乃知前古人，言事颇谙详[5]。
清风北窗卧，可以傲羲皇[6]。

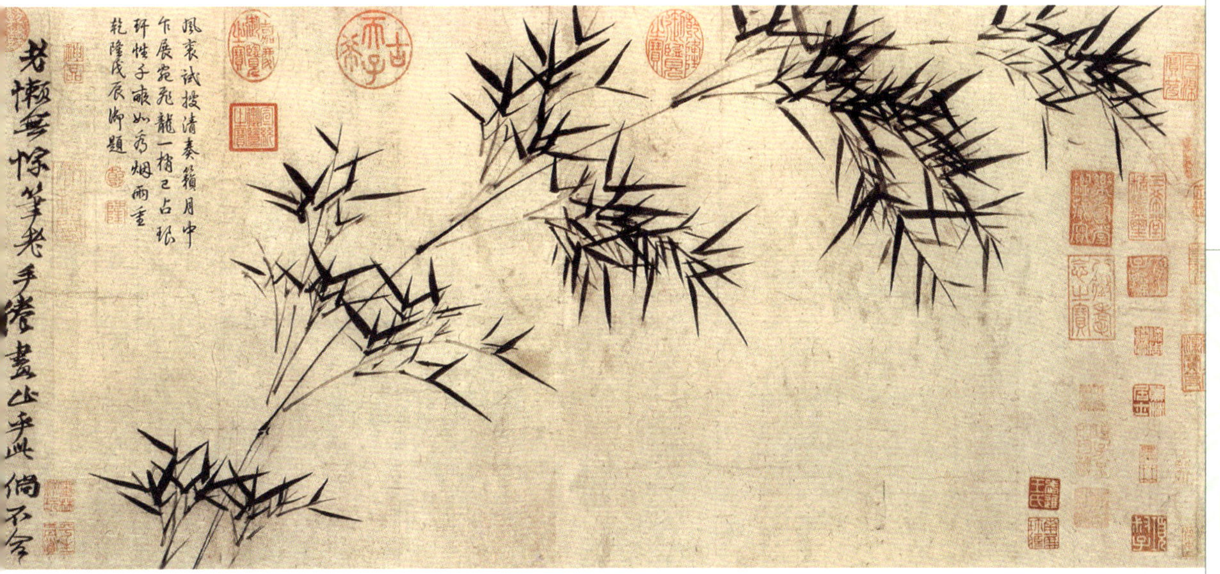

竹枝图　倪瓒（公元1301–1374年）

注

1 辋川寺：原为唐·王维别业，其晚年捐献为寺。

2 新昌：郡名，南朝宋置新昌郡，唐为滁州。在今安徽滁县境。

3 厩库：马棚。

4 营一堂：室外绕窗栽一片竹林。《论语·生进》："由也升堂矣，未入子室也。"皇侃疏："窗户之外日堂，窗户之内囚室。"

5 谙详：熟悉且详细。

6 羲皇：即指太古之人——义皇上人。晋·陶渊明《与子猷等疏》："常言五、六肿，北窗下卧，迂凉暂至，自谓是羲皇上人。"

白居易

别桥上竹

穿桥迸竹不依行[1]，恐碍行人被损伤。

我去自惭遗爱少[2]，不教君得似甘棠[3]。

注

1 穿：凿通。《诗经·召南·行露》：“谁谓鼠无牙？何以穿我墉。”引申为挖掘，掘进。这里指在土里竹鞭生长穿进桥中。迸竹：即指竹笋破土而出，钻出桥面。元·萨都刺《夏日游鹤林寺》：“竹笋迸出地，花枝垂过墙。”不依：不听从。

2 遗爱：给予爱心。

3 君：指竹。甘棠：木名。《雅尔·释木》：“杜，甘棠。”也称棠梨，果酸美可食。

小桥流水图
虚谷（公元1823–1896年）

多水竹琴宜鼓
水氣空明竹氣清
癸巳長夏仿梅道人
作英蒲華

白居易

养竹记（前部）

竹似贤，何哉？竹本固[1]，固以树德；君子见其本，则思善建不拔者[2]。竹性直[3]，直以立身；君子见其性，则思中立不倚者[4]。竹心空[5]，空以体道；君子见其心，则思应用虚受者[6]。竹节贞，贞以立志；君子见其节，则思砥砺名行，夷险一致者。夫如是，故君子人多树之为庭实焉[7]。

注

古代以竹喻人，本文是一篇自然清新好文章。种竹欲其滋繁密茂，必须重视培养得法。长江以南山区有谚语："留三、取四、莫留七"，指三年生竹需保育，砍取四年生竹材供用，七年生竹已老，消耗营养，必须除之。如任意砍伐薪樵，必致衰败，草木杂生，无声无色。善加养护，除杂松土、施肥等，进行科学管理，自然欣欣向荣，日出有清阴，风来有清声，优化环境，增加观赏情趣。

1 竹本固：指竹鞭根深固。《诗·小雅·斯干》："如竹苞矣。"毛公传："苞，本也。"

2 善建不拔：善于建树根基者坚韧不拔。《老子》："善建不拔。"王弼注："固其根而后营其末，故不拔也。"

3 竹性直：竹之品节挺拔正直。

4 中立不倚：正直不偏颇。《礼记·中庸》："中立而不倚，强哉矫。"孔颖达疏："中立而不倚，强哉矫者，中正独立而不偏倚，志意强哉，形貌矫然。"

5 竹心空：意指竹中空，体现虚能容物道德风范。

6 虚受：虚而能容。《易·咸》："象曰：山上有泽，咸君子以虚受人。"

7 庭实：陈列于朝堂贵重贡物。此谓竹如庭实受人珍爱。

国际竹藤中心安徽太平试验基地 竹诗词石刻群

墨竹图　文同（公元1018–1079年）

白居易

食笋

此州乃竹乡[1]，春笋满山谷。
山夫折盈抱，抱来早市鬻[2]。
物以多为贱，双钱易一束。
置之炊甑中[3]，与饭同时熟。
紫箨坼故锦[4]，素肌擘新玉[5]。
每日遂加餐，经时不思肉。
久为京洛客[6]，此味常不足。
且食勿踟蹰[7]，南风吹作竹。

注

1 此州：指江，即今江西九江，白居易曾贬为江州司马。

2 鬻：卖。

3 炊甑：古代陶制炊具，蒸食物用。今竹木制称蒸笼。

4 紫箨：紫色笋壳。坼：裂开。

5 素肌：此指笋色如素肌。新玉：称剖开笋片，鲜嫩而又白洁如玉。

6 京洛：指洛阳，因东周、东汉均于此建京都。

7 踟蹰：犹豫。

柳宗元

公元773-819年，字子厚，河东（今山西运城）人。世称“柳河东”。开元进士，官至礼部员外郎，累官监察御史；坐王叔文党，贬永州司马，官终柳州刺史。唐朝杰出诗人、文学家、哲学家、政治家、思想家，列为“唐宋八大家”之一。

茅檐下始栽竹

瘴茅葺为宇[1]，　溽暑常侵肌[2]。
适有重膇疾[3]，　蒸郁宁所宜[4]。
东邻幸导我，　树竹邀凉飔[5]。
欣然惬我志[6]，　荷锸西岩垂[7]。
楚壤多怪石[8]，　垦凿力已疲。
江风忽云暮，　舆曳还相追[9]。
萧瑟过极浦[10]，　旖旎附幽墀[11]。
贞根期永固[12]，　贻尔寒泉滋[13]。
夜窗遂不掩，　羽扇宁复持。
清冷集浓露[14]，　枕簟凄已知[15]。
网虫依密叶[16]，　晓禽栖迥枝[17]。
岂伊纷嚣间[18]，　重以心虑怡[19]。
嘉尔亭亭质[20]，　自远弃幽期[21]。
不见野蔓草，　蓊蔚有华姿[22]。
谅无凌寒色，　岂与青山辞[23]。

注

1 瘴茅：即芒茅。传说因其枯黄时产生瘴疠而得名。葺：用茅草覆盖房屋。宇：房屋。

2 溽暑：盛夏潮湿闷热天气。

3 重膇：脚肿病。

4 蒸郁：指夏季炎热潮湿，热气郁勃上蒸。

5 树竹：栽竹。凉飔：凉风。

6 惬我志：称心如意。

7 荷锸：肩扛铁锹。岩垂：山崖脚下。

8 楚壤：楚地。指诗人降职居永川（今属湖南）。

9 舆曳：运载拖曳。

10 萧瑟：风吹竹林之声。极浦：遥远水边。

11 旖旎：柔弱繁励貌。楚辞：“纷旖旎乎都房。”幽墀：幽静台阶。

12 贞根：竹根。称竹和竹根均有坚贞之节。

13 贻尔：赠送你。

14 清冷：清凉，冷清。

15 凄：凄冷寒凉。

16 网虫：蜘蛛。

17 迥枝：高枝。

18 岂伊：难道是。纷嚣：众多纷扰，喧哗吵闹。

19 重以：再与。怡：心情舒畅。

20 嘉：喜欢，欣赏。尔：如此。

21 自：因为。幽期：秘密期约。

22 蓊蔚：杂草灌木丛生，兴盛茂密。

23 岂：犹其。青山：山名。今安徽当涂县东南，其山西北有李白墓。

斑竹
Phyllostachys bambusoides f. *lacrima-deae* keng f. et Wen

元稹

公元779-831年，字微之，河南（今属河南洛阳）人。元和元年，任左拾遗。与白居易友善并齐诗名。所作《会真记》为后来《西厢记》故事原由，文字优美，刻画细致，为唐代传奇中之名篇。

斑竹（得之湘流[1]）

一枝斑竹渡湘沅[2]，　万里行人感别魂[3]。
知是娥皇庙前物[4]，　远随风雨送啼痕。

注

1 湘流：指湘江。《楚辞·渔父》：“宁赴湘流，葬于江鱼之腹中。”

2 湘沅：指流入洞庭湖湘水、沅水合称。汉·东方朔《七谏·沉江》：“赴湘沅之流澌兮，恐逐波而复东。”

3 别魂：指舜二妃娥皇和女英，溺湘水而死。

4 娥皇：传说尧帝女，舜帝妻。娥皇庙：纪念舜妃所建庙宇，在今洞庭湖中君山上。宋·梅尧臣有《斑竹管笔》诗。

元稹

寺院新竹

宝地琉璃坼[1]，紫苞琅玕踊[2]。
亭亭巧于削，一一大如拱[3]。
冰碧林外寒，峰峦眼前耸。
槎枒矛戟合[4]，屹仡龙蛇动[5]。
烟泛翠光流[6]，岁余霜彩重。
风朝竽籁过[7]，雨夜鬼神恐。
佳色有鲜妍，修茎无拥肿。
节高迷玉镞[8]，箨缀疑花捧[9]。
讵必太山根[10]，本自仙坛种。
谁令植幽壤[11]，复此依闲冗[12]。
居然霄汉姿[13]，坐受藩篱壅[14]。
噪集勬鸱乌[15]，炎昏繁蠛蠓[16]。
未遭伶伦听，非安子犹宠。
威凤来有时，虚心岂无奉。

注

1 宝地：此指寺院。南朝齐·萧子良《净住子出家顺善门颂》："将安宝地，谁留化城。"

2 紫苞：即初生之笋。踊：向上跃。南朝梁·沈约诗："紫箨开绿筱，白鸟映青畴。"

3 拱：两手合围。指用两手合围来测量竹子胸径。

4 槎枒：错杂不齐。矛戟：矛与戟均为古兵器名。矛戟合：将矛和戈合为一体，可以直刺和横击。《诗经》："修我矛戟，与子偕作。"

5 屹仡：高耸昂首。龙蛇：龙和蛇。形容竹林出笋高耸苍劲，犹如龙和蛇昂首状。唐·李商隐："蜀相階前柏，龙蛇捧闷宫。"唐·吕温诗："武库龙蛇忽，追飞于陋巷。"

6 烟泛：烟雾飘浮无边际。翠光流：阳光透过竹林冠散漏青绿色光辉。南朝梁·施肩吾诗："水光悬荡壁，山翠下添流。"

7 风朝：晨风。竽：管乐器名。籁：古代管乐器。李白诗："一风鼓群有，万籁各自鸣。"

8 玉镞：玉制箭头。

9 花捧：指花瓣簇拥状。

10 讵必：何必，难道。太山：即泰山。根：事物本源。《老子》："玄牝门，是谓天地根。"

11 幽壤：地下深处。

12 闲冗：闲散。荀悦《申鉴·时事》："必也正贪禄，省闲冗，与时消息。"

13 霄汉：天空。

14 坐受：自然赐予。

15 鸱乌：鹞鹰类恶鸟。勌：同"倦"。

16 蠛蠓：即蠓虫。

贾岛

公元779—843年，字浪仙，号无本，范阳（今河北涿州）人。初为僧，法名无本，自称“碣石山人”。后弃浮屠，从韩愈学文。唐文宗时被排挤，贬为长江主簿，世称贾长江。唐朝著名诗人，喜吟诗，其诗精于雕琢，所谓好“推敲”。

题郑常侍厅前竹[1]

绿竹临诗酒，婵娟思不穷。
乱枝低积雪，繁叶亚寒风[2]。
萧飒疑泉过，萦回有径通[3]。
侵庭根出土，隔壁笋成丛。
疏影纱窗外，清音宝瑟中。
卷帘终日看，欹枕几秋同。
万顷歌王子[4]，千竿伴阮公[5]。
露光怜片片[6]，雨润爱濛濛。
嶰谷蛮湖北[7]，湘川灞水东[8]。
何如轩槛侧[9]，苍翠戛长空[10]。

注

1 郑常侍：郑为姓。唐代常侍为官名，即中常侍或散骑常侍简称。

2 亚：通“压”。俯，低垂之貌。唐·唐球《庭竹》：“月笼翠叶秋承露，风亚繁梢暝扫烟。”

3 萦回：往复盘旋。

黄秆乌哺鸡竹

Phyllostachys vivax f. *aureocaulis* N. X. Ma f.

4 王子：指晋·王子猷。唐·吴筠《竹赋》："王子所啸咏，嵇生为文幽寻。"

5 阮公：指"竹林七贤"中阮籍。

6 怜片片：怜同"鳞"。晨露水珠如鳞明亮光闪。

7 嶰谷：昆仑山北麓谷名。蛮湖：泛指南方湖泊。

8 灞水：古水名，在今陕西西安东南。

9 轩槛：厅前栏杆。

10 袅：摇曳。

杜 牧

公元803-852年，字牧之，京兆万年（今陕西西安）人。宰相杜佑之孙。大和进士，历任监察御史，黄州、池州、睦州刺史，后为司勋员外郎，最终官至中书舍人。唐代杰出诗人，后世称杜甫为“老杜”，杜牧为“小杜”。

栽 竹

本因遮日种，却似为溪移。
历历羽林影[1]，疏疏烟露姿[2]。
萧骚寒雨夜[3]，敲劼晚风时[4]。
故国何年到[5]，尘冠挂一枝[6]。

注

1 历历：行列整齐。羽林：指羽林军，为帝王禁卫军名。喻竹竿耸立。

2 疏疏：朦胧。

3 萧骚：萧条凄清。

4 敲劼：风吹拂竹冠枝叶声。敲：指竹摇动相碰撞声响。劼：犹勤，形容声音连续不断。

5 故国：故乡或祖国。

6 尘冠：古代官吏戴礼帽，后常借指官位。尘：隐者称仕途为“尘”。一枝：一枝枝桠，喻所求不多。《庄子·逍遥游》：“鹪鹩巢于密林，不过一枝；偃鼠饮河，不过满腹。”

风竹图　唐寅（公元1470－1523年）

马戴

公元799–869年，字虞臣，曲阳（今河北曲阳）人。晚年中进士，咸通末佐大同军幕，最终官至太学博士。晚唐著名诗人。

高司马移竹[1]

从居堂下幸君移[2]，翠掩灯窗露叶垂。

莫羡孤生在山者，无人看著拂云枝[3]。

注

1 司马：官名。《周礼》：“夏官大司马之属。”隋唐州府佐史有司马一人，位在别驾，长史之下。

2 幸：庆幸，幸亏。君移：此指高司马移栽母竹。

3 看著：看：看待，对待。唐·高适《诵史》：“不知天下士，犹作布衣看。”著：中、重。看著：即重视。拂云枝：此形容竹高入云霄。

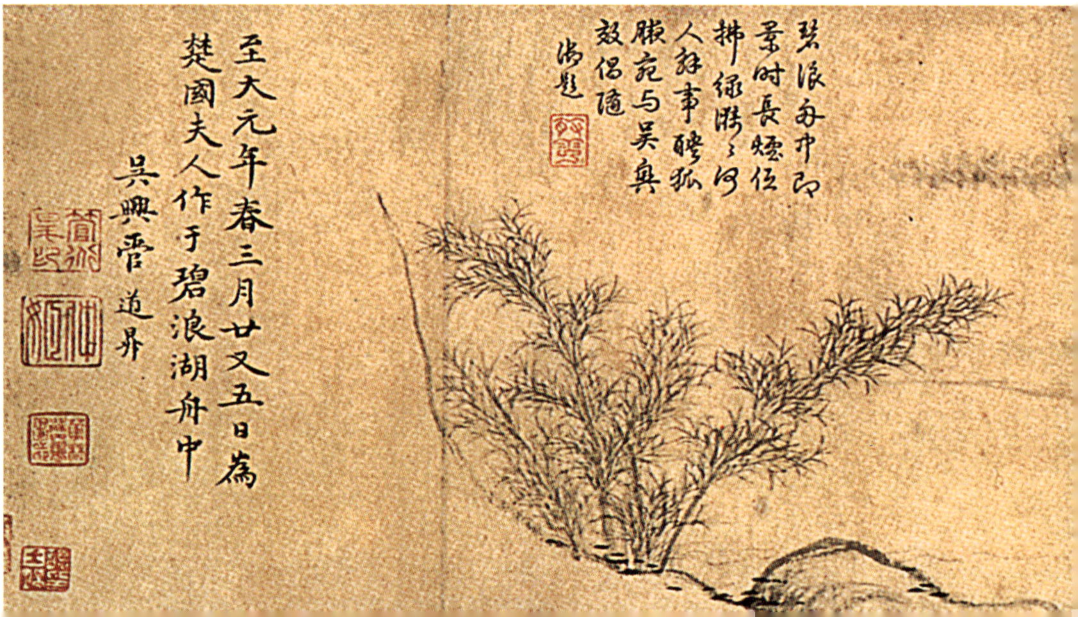

李群玉

公元808–862年，字文山，澧州（今湖南澧县）人。性旷达，极有诗才，赴举“一上而止”，唯以吟咏自适。曾一度被授为“弘文馆校书郎”。

题竹

一顷含秋绿[1]，森风十万竿[2]。

气吹朱夏转[3]，声扫碧霄寒[4]。

注

1 顷：古代土地面积单位之一，百亩为顷。泛指大片土地。含：包含。秋绿：喻竹林常绿。

2 森风：竹林中特有清爽凉风。

3 朱夏：指盛夏酷热。句意：虽为酷夏，但竹林内清风送爽，生态功能变夏为秋。前有杜甫《营屋》诗：“我有阴江竹，能令朱夏寒。”

4 碧霄：青天。

烟雨丛竹图　管道昇（公元1262–1319年）

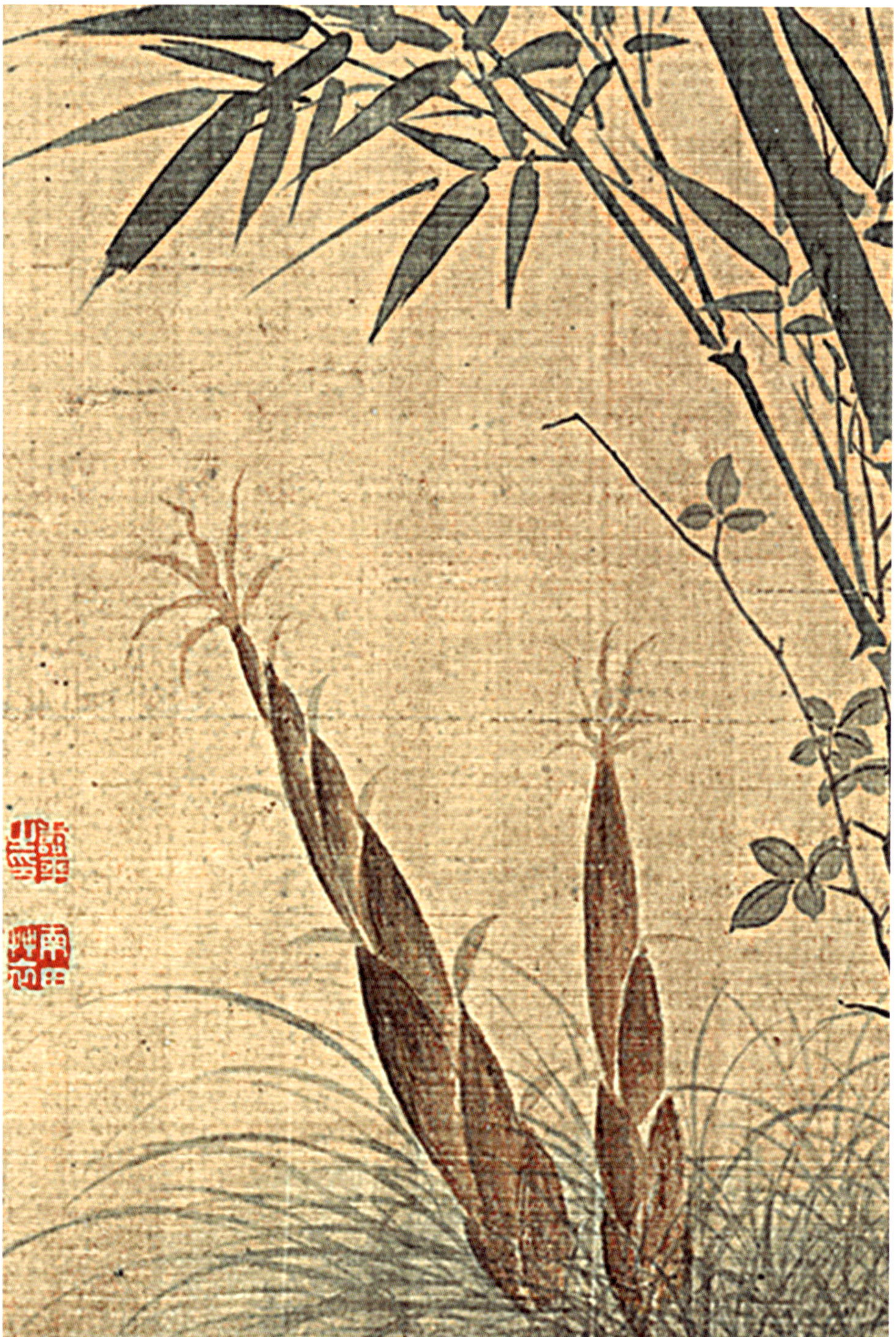

竹笋图　恽寿平（公元1633－1690年）

李商隐

公元813–858年，字义山，号玉溪生，怀州河内（河南沁阳）人。唐文宗时举进士，官至东川节度使判官。晚唐著名诗人，其诗构思新奇，绮丽绵密，又感时伤事，与温庭筠、段成式齐名。

初食笋呈座中[1]

嫩箨香苞初出林[2]， 於陵论价重如金[3]。

皇都陆海应无数[4]， 忍剪凌云一寸心[5]。

注

1 座中：座位中人，或引申为所有在场人。

2 嫩箨：嫩笋壳。香苞：去箨笋。

3 於（即于）陵：陵为聚落通名。于陵为古地名，在今山东邹平县东南。此地竹林稀少。

4 皇都：指长安，为唐代京城。陆海：指大片竹林，又称竹海。《汉书·地理志下》：“‘秦地’为鄠杜竹林，南山檀柘，号称陆海，为九州膏腴。”

5 凌云：直上云霄，喻志向崇高。一寸心：喻微薄心意，指一片进取之心。

宋朝

寇准

公元962-1023年，字平仲，华州下邽（今陕西渭南）人。太宗时进士，曾为参知政事，坚主抗辽且二度为相。北宋著名政治家、诗人，善诗能文，七绝犹有韵味。

南宫宿斋静思陕城东阁行

南宫向夕景弥清，风行萧然动远情。
忆到陕城东阁伴，拂窗敲砌送寒声。

报德英华图（局部）　沈周（公元1427–1509年）

范仲淹

公元989-1052年，字希文，苏州吴县（今江苏苏州）人。大中祥符进士，与韩琦坚拒西夏，为朝廷倚重。卒谥文正。著名政治家、思想家、军事家、文学家，其《岳阳楼记》中名言“先天下之忧而忧，后天下之乐而乐”千古流传。

寄题孙氏碧鲜亭

天地何风流，复生王子猷[1]。
黄金买碧鲜，绿玉排清秋[2]。
非木亦非草[3]，东君岁寒宝[4]。
耿耿金石性[5]，雪霜不能老。
清风乃故人，徘徊过此君。
泠泠钧天音[6]，千载犹得闻。
应是圣贤魄，钟为此标格[7]。
高节见直清[8]，灵心隐虚白[9]。
粉筠多体貌[10]，锦箨见儿童[11]。
上交松桂枝，下结兰蕙丛。
秀气蔼晴岚[12]，翠光凝绿水。
明月白露中，静中隐君子。
不愿湘灵泣[13]，不求伶伦吹[14]。
凤皇得未晚，蛟龙起何时。
萧萧云水间，良与主人宜。
红尘满浮世，何当拂长袂[15]。
坐啸此亭中，行歌此亭际。
逍遥复逍遥，不知千万岁。

注

1 王子猷：即东晋王徽之，字子猷。

2 绿玉：竹别名。竹竿碧绿，圆润如玉。唐·白居易诗句："篱菊黄金合，窗筠绿玉稠。"

3 非木亦非草：即竹代称。晋·戴凯之《竹谱》："植类之中，有物曰竹，不刚不柔，非草非木。"

4 东君：春之神。唐·王初《梅花》诗："东君欲待寻佳约，剩寄衣香与粉绵。"

5 耿耿：诚信。汉·刘向《惜贤》："进雄鸠之耿耿兮，谗介介而蔽之。"金石性：金银、玉石之属，常以喻坚固、坚贞。荀子《勸学》："锲而不舍，金石可镂。"韩非子《守道》："守道者常怀金石之心，以死之胥之节。"

6 泠泠：声音清越悠扬。唐·元结诗句："我有丝竹兮，韵和泠泠。"钧天："钧天广乐"略称，指神话中天上音乐。晋·左思诗："罗金石与丝竹，若钧天之下陈。"

7 钟：汇集；集中。标格：指风范、风度。唐·杨敬之《赠项斯》诗："几度见诗诗总好，及观标格过于诗。"

8 直清：正直清廉。《书·舜典》："直哉惟清。"孔颖达疏："使正直而清明。正直，不枉典也。清明，不暗昧也。"

9 灵心：聪慧心灵。亦谓造化意志。虚白：谓心中纯净无欲。《庄子·人间世》："虚室生白。"司马彪注："室比喻心，心能空虚，则纯白独生也。"

10 粉筠：新竹节间有白粉。筠：竹竿外青皮，亦代指竹。体貌：模样；体态容貌。

11 锦箨：笋壳美称。唐·王贞白《洗竹》诗："锦箨裁冠添散逸，玉芽修馔称清虚。"

12 蔼：通"霭"，云气。谓竹林中雾气笼罩。唐·王维诗："瀑布杉松常带雨，夕阳彩翠忽成岚。"

13 湘灵：古代传说中湘水之神。《楚辞·远游》："使湘灵鼓瑟兮，令海若舞冯夷。"一说为舜妃，即湘夫人。

14 伶伦：传说黄帝时乐工。

15 拂长袂：拂袖，借指引退、归隐。

晏殊

公元991-1055年，字同叔，谥元献，临川（今属江西）人。曾任集贤殿学士、宰相、兵部尚书。工诗文，北宋著名词人、诗人、散文家，范仲淹、欧阳修皆其门下。

竹醉日[1]

苒苒渭滨族[2]， 萧萧尘外姿[3]。

如能乐封殖[4]， 何必醉中移 。

注

1 竹醉日：适宜栽竹之日。竹醉日之说，始见于北魏贾思勰所撰《齐民要术》。宋·范致明《岳阳风土记》："五月十三日谓之龙生日，可种竹，《齐民要术》所谓竹醉日也。"即指竹子休眠时移竹种植成活率较高。

2 苒苒：草木繁茂貌。唐·唐彦谦《移莎》诗："苒苒齐芳草，飘飘笑断蓬。"渭滨族：指渭水之滨，其地多竹。族：品类，种类。

3 尘外姿：超尘出世丰姿。

4 封殖：亦作"封植"，培土种植。《左传·昭公二年》："宿敢不封殖此树。"

幽篁秀石
顾安（公元1289-1370年）

携琴游山图　渐江（公元1610—1663年）

欧阳修

公元1007–1072年，字永叔，号醉翁，吉州吉水（今属江西）人。天圣进士，历官翰林学士、枢密副使、参知政事，卒谥文忠。北宋著名文学家、史学家、政治家。苏东坡出其门下，为“唐宋八大家”之一。

竹间亭

高亭照初日，竹影凉萧森。
新篁渐解箨[1]，翠色日已深。
雨多苔莓青，幽径无人寻。
静趣久乃得，暂来聊解襟[2]。
清风飒然生[3]，鸣鸟送好音。
佳时不易得，浊酒聊自斟。
兴尽即言返，重来期抱琴。

注

1 新篁：由笋生长刚成林时新竹。

2 解襟：解开衣襟。

3 飒然：风声骤然响起。

欧阳修

初夏刘氏竹林小饮

春荣忽已衰，夏叶换初秀。
披荒得深蹊[1]，扫绿荫清昼[2]。
万竿交已耸，千亩蔚何富[3]。
惊雷进狂鞭，雾箨舒文绣。
虚心高自擢[4]，劲节晚愈瘦。
虽惭桃李妖，岂愧松柏后。
川源湛新霁[5]，林麓洗昏雾[6]。
猗猗色可餐，滴滴翠欲溜。
况兹夏首月[7]，景物得嘉候[8]。
晚蝶舞新黄，孤禽弄清咮[9]。
窥深入窗蒙，玩密爱林茂。
依依带幽涧，隐隐见孤岫[10]。
林荪缛堪眠[11]，野汲冷可漱。
鸣琴泻山风，高籁发仙奏[12]。
暑却自蠲渴[13]，心闲疑愈疚。
杯盘杂芬芳，图籍罗左右[14]。
怡然忘簪组[15]，释若出羁厩。
矧予怀一丘[16]，未得解黄绶[17]。
官事偶多闲，郊扉须屡叩。
新篁渐添林，晚笋堪荐豆[18]。
谁邀接罗公[19]，有酒幸相就[20]。

注

1 披荒：劈开草丛。深蹊：幽深小路。

2 扫：画。唐·杜甫《虢国夫人》："却嫌脂粉涴颜色，淡扫蛾眉朝至尊。"清昼：清爽白天。

3 蔚：竹林茂盛。有诗"新篁渐解箨，翠色日已深。嫩箨筠粉暗。"

4 自擢：自然耸拔。

5 湛新霁：湛清。新霁：雨雪停后初晴。楚·宋玉《高唐赋》："迁雨天之新霁兮，观百谷之俱集。"

6 林麓：林缘。昏雾：天气昏蒙。

7 夏首：初夏，夏季开始。南朝梁·王僧儒《侍宴》："丽景烛春余，清阴澄夏首。"

8 嘉候：美好时令。候：时令。一候为五天，一年分为七十二候。

9 清咮：清美鸟叫声。咮：鸟口。

10 孤岫：单独峰峦，特立山峰。

11 林苏：茂盛香草灌丛。

12 高籁：高差大湍急水流。

13 蠲渴：不渴。

14 图籍：图画与书籍。

15 簪组：指官服。唐·白居易《兰若寓居》："薜衣换簪组，藜仗代车马。"

16 矧：况，况且。《尚书·大禹谟》："至诚感神，矧兹有苗。"《孔传》："矧：况也。"丘：古代划分田地、区域单位。《周礼·地官小司徒》："九夫为井，四夫为邑，四邑为丘。"

17 黄绶：黄色印绶。唐·高适《同颜少府旅宦秋中》："迹留黄绶人多叹，心在青云世莫知。"

18 荐豆：荐，进献；豆为古代食器。初以竹木制成形似高足盘，后多用于祭祀。

19 接罗公：接罗：头巾，古代的一种面罩。《世说新语·任诞》：山季伦（简称）为荆州，时出酣畅，人为之歌曰："山公时一醉，径造高阳池。日莫倒载归，茗宁无所知。复能乘骏马，倒著白接罗。"

20 相就：互相接近。

文同

公元1018–1079年，字与可，号笑笑先生，梓州永泰（今四川盐亭东）人。历任齐州、邛州、洋州、湖州等知州。善诗文、书画，北宋著名画家、诗人，与苏东坡表亲，同为“湖州竹派”创始人。

洗竹[1]

斤斧从来到此稀[2]，为撩疏密绕藩篱[3]。

已繁不用饶新笋，纵碍何妨惜旧枝。

风外清音闻曲阁，月中寒影下方池。

想公日在琅玕径[4]，正是棠阴讼少时[5]。

注

1 洗竹：抚育间伐。山区俗称：“留三，取四，莫留七”。修整竹枝或砍去老竹、枯梢竹、病竹及杂灌。

2 斤斧：斧头。《管子·乘马》“蔓山，其木可以为材，可以为轴，斤斧得入焉。”

3 撩：整理；调整。

4 琅玕径：竹径。作者自注：“琅玕径在西园，竹径名也。”

5 棠阴：棠树枝叶荫蔽处，喻良吏惠政。相传周代燕召公巡行南国，在棠树阴下听讼断案，善判得人心，后喻惠政。

曾巩

公元1019–1083年，字子固，建昌南丰（今属江西）人。登嘉祐进士，历任齐州、襄州、洪州、福州等知州。工文章，“唐宋八大家”之一，杰出政治家、散文家，著有《元丰类稿》。

南轩竹

密竹娟娟数十茎，旱天潇洒有高情。
风吹已送烦心醒，雨洗还供远眼清。
新笋巧穿苔石去，碎阴微破粉墙生。
应须万物冰霜后，来看琅玕色转明。

兰亭序（节选）　王羲之（公元303–361年）

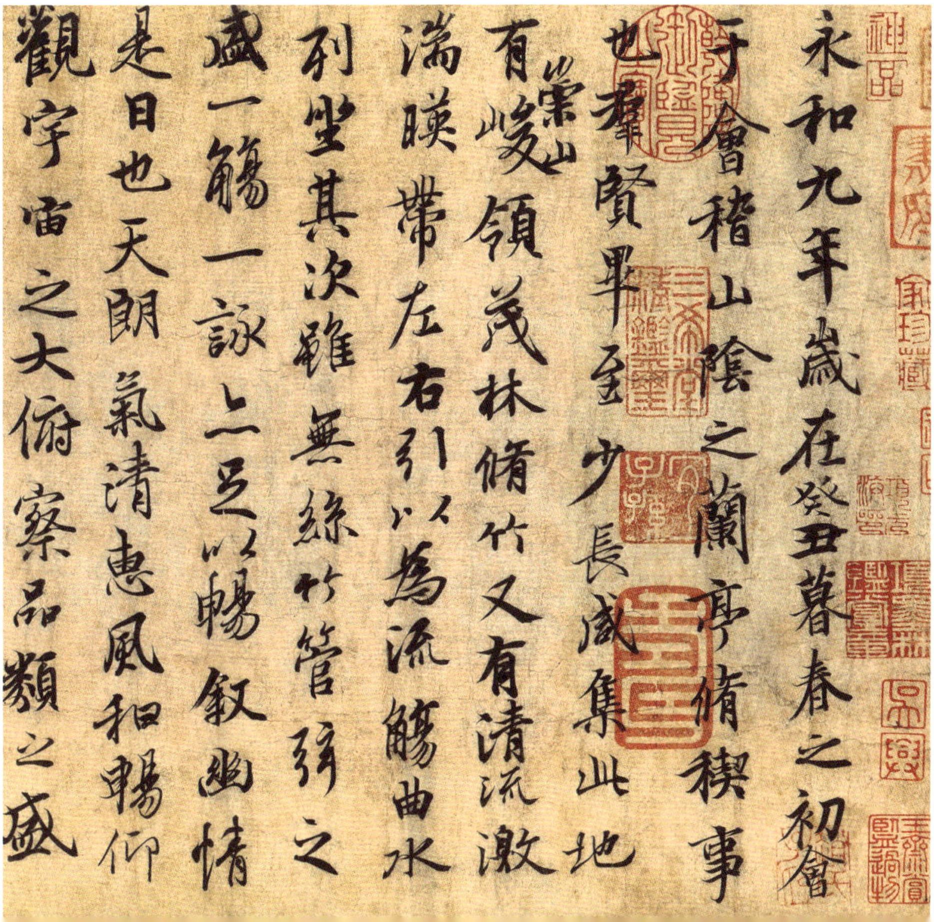

司马光

公元1019-1086年，字君实，山西人。宝元进士。高太后临朝入相，尽改新法。北宋政治家、文学家、史学家。主持编纂中国历史上第一部编年体通史《资治通鉴》。

竹坞

二何迹相继，竹坞日阴森。
欲识养民意，先观爱物心。
低垂樽俎冷，密映管弦深。
勿怪湖光少，年来碧影侵。

王安石

公元1021—1086年，字介甫，号半山，江西临州人。庆历进士，做宰相时推行时政改革，兴新法，遭反对，罢为镇南军节度使；元丰中再度为相，封荆国公。著名政治家、思想家、改革家、文学家，为“唐宋八大家”之一。

竹窗

竹窗红苋两三根，山色遥供水际门。

只我近知墙下路，能将屐齿记苔痕。

真赏斋图（局部） 文徵明（公元1470—1559年）

郭祥正

公元1035–1113年，字功父，当涂（今属安徽）人。少有诗名，举进士。历官秘书阁校里，太子中舍等，官至知端州。北宋诗人，其诗风纵横奔放，酷似李白。

寺壁史侍禁画竹[1]

不假研磨丹与青[2]， 只将墨妙夺天成[3]。

始知笔力无虚实[4]， 老竹横穿栋柱生[5]。

注

1 史侍禁：宫庭画师。

2 不假：不用。研磨：即磨研。句意谓作画不用丹与青颜料。

3 墨妙：指精妙文章、书法、绘画。唐·岑参诗：“相府征墨妙，挥毫天地穷。”此指墨竹画。

4 笔力：写字运笔功力。唐·张彦远《书法要录——晋卫夫人笔阵图》：“善笔力者多骨，不善笔力者多肉。”虚实：虚与实。

5 横穿：指竹鞭地下纵横驰骋，所向无限。栋柱生：喻竹枝秆画成。

竹鹤图　黄筌（公元903—965年）

国际竹藤中心安徽太平试验基地 竹诗词石刻群

苏轼

公元1037 1101年，字子瞻，号东坡居士，眉州眉山（今属四川）人。嘉祐进士，官至礼部尚书，受新旧党夹击“三起三落”。与父苏洵、弟苏辙合称“三苏”，为“唐宋八大家”之一。北宋杰出文学家，其诗、词、文兼工，诗文气势宋代无人能比，豪迈乐观，辉耀古今。

於潜僧绿筠轩[1]

可使食无肉，不可居无竹。
无肉令人瘦，无竹令人俗[2]。
人瘦尚可肥，士俗不可医。
旁人笑此言，似高还似痴。
若对此君仍大嚼，世间那有扬州鹤[3]。

注

1 於潜僧：俗姓何，名孜，字惠觉，法号道潜，於潜县（今浙江临安境）人，因在县南二里丰国乡寂照寺出家，故称於潜僧。寺内有绿筠轩，以绿竹点缀环境，十分幽雅。

2 晋·王徽之“何可一日无此君邪”一语具体诠释，以“无肉”和“无竹”对比，深化不可无竹义蕴。“无竹令人俗”，有竹则可令人清雅高尚。实则深含对物质与精神定位。

3 扬州鹤：喻好事，美事。有“腰缠十万贯，骑鹤上扬州”之说。

苏轼

竹两竿

东坡居士过龙光[1]求大竹作肩舆[2]，得两竿。南华珪首座方受请为此山长老[3]，乃留一偈院中[4]须其至[5]授之，以为他时语录[6]中第一问。

斫得龙光竹两竿，　持归岭北万人看[7]。
竹中一滴曹溪水[8]，　涨起西江十八滩[9]。

注

1 龙光：寺名。在南安军（治所在今江西大余县）大庾岭下，苏轼自儋州赦还过此。

2 肩舆：轿子。唐·李绅《入扬州郭》诗："非为掩身羞白发，自缘多病喜肩舆。"

3 南华：寺名，在韶州（今广东韶关曲江）曹溪畔南华山，为禅宗六祖慧能驻锡之所。珪：即指南华寺僧士珪（公元1083—1146年），字竹庵，号老禅。首座：寺中僧最高职位"三纲"之首，又称上座。方：犹将。长老：对寺院中主持僧或方丈尊称。

4 偈院：僧院、寺院。偈为佛经中颂词，梵语偈佗简称。

5 须：少待。

6 语录：自唐以来僧徒记录师语，因所录皆多口语。

7 岭北：此特指大庾岭以北江西境内。

8 曹溪：水名，在今广东曲江东南双峰下。相传因曹操及其玄孙曹叔良居此而得名，又因佛教禅宗六祖慧能在此演法，为禅宗南宗之别号。

9 西江：即章水。在江西西南部，为赣江之西源，出大庾岭。旧称西江有十八滩。赣之由来即章、贡二水之会合处，赣又为江西省简称。后来两竿实改作撑篙，有船篙谜语："想当年，绿鬓婆娑。自入君手，到如今，黄瘦如何？莫提起，提起了，泪洒江河。"

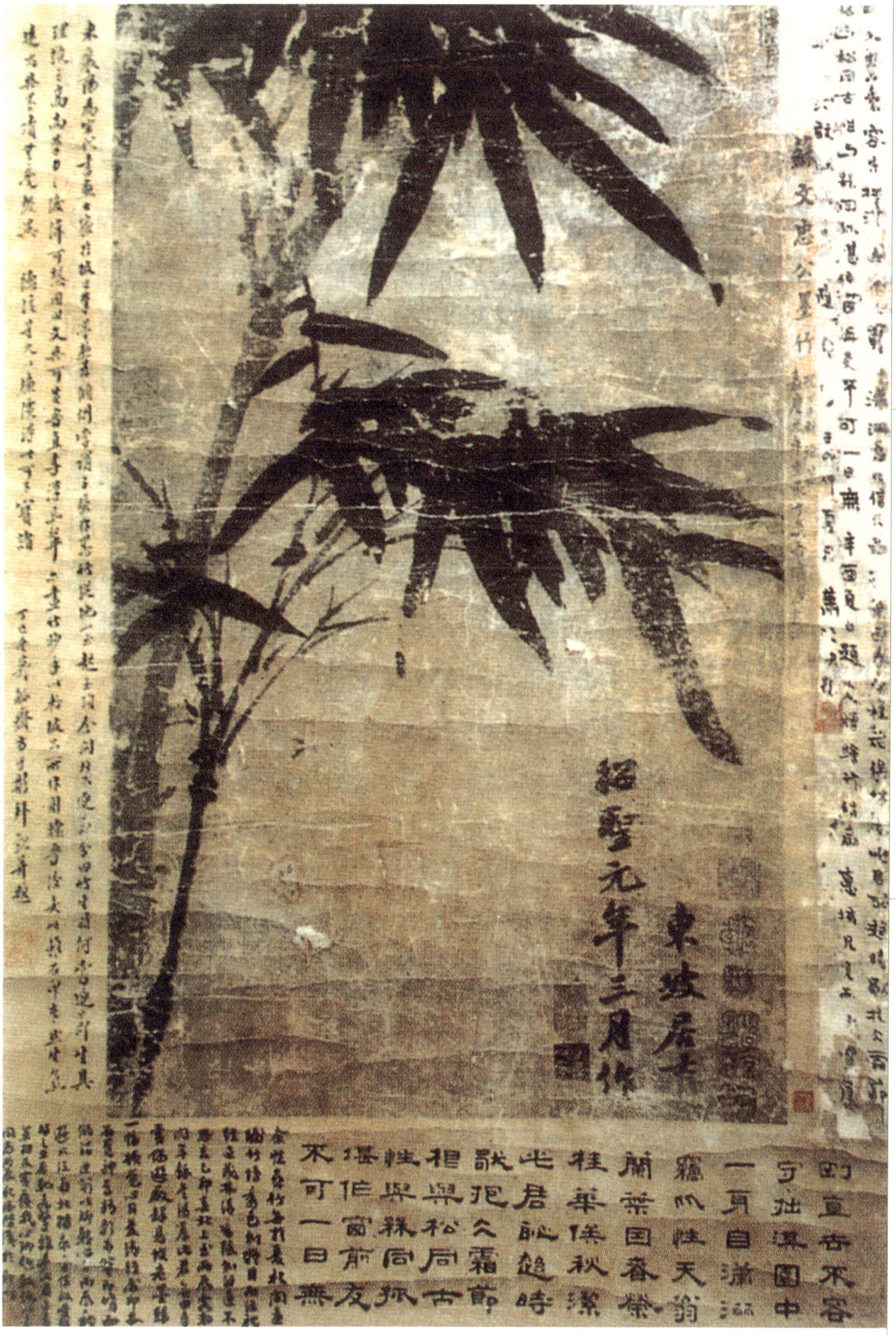

墨竹　苏轼（公元1037–1101年）

苏辙

公元1039-1112年，字子由，一字同叔，自号颍滨遗老，卒谥文定，眉山（今属四川）人。嘉祐进士。宋徽宗时复官太中大夫，致仕。苏辙为文与兄苏轼齐名。著名政治家、诗人、文学家。

次韵刘贡父西掖种竹

竹迷谁定知迷否[1]？ 趁取滂沲好雨初[2]。
栽向凤池吹律处， 斸从芸阁杀青余[3]。
迎风一啸朝回早， 弄月相差直宿疏[4]。
应怪籍咸林下客[5]， 相看不饮作除书[6]。

注

1 竹迷：即竹迷日，竹醉日。古称为栽竹之日。宋·范致明《岳阳风土记》："五月十三日谓之龙生日，可种竹，《齐民要术》所谓竹醉日也。"

2 滂沲：沲同"沱"。滂沱大雨。

3 芸阁：古代藏书之处，即秘书省。唐·刘知几《史通忤时》："蓬山之下，良直差肩；芸阁之中，英奇接武。"

4 弄月：欣赏月夜。南朝宋·谢灵运《怨晓月赋》："卧洞房兮当何悦，灭华烛兮弄晓月。"

5 籍咸：指竹林七贤中阮籍及其侄阮咸两人。

6 除书：授官之诏令。唐·韦应物《如除尚书郎别善福精舍》："除书忽到门，冠带始拘束。"

范祖禹

公元1041–1098年，字淳甫，谥正献，华阳（今四川成都）人。嘉祐进士。北宋著名史学家，从司马光编修《资治通鉴》。

游李少师园十题·笛竹

凤食实已美，龙吟声更奇。

惜无蔡邕识，那得马融吹。

注

李白诗《听黄鹤楼上吹笛》："黄鹤楼中吹玉笛"。杜甫《吹笛》诗句："吹笛秋山风月清，谁家巧作断肠声"。岑参《秋夜闻笛》诗句："长安街中百万家，不知何人夜吹笛"。

黄庭坚

公元1045-1105年，字鲁直，自号山谷道人，分宁（今江西修水）人。治平进士。北宋诗人、词人、书法家，其书法为“宋代四大家”之一。工文章，尤长于诗，为宋代名家，称“苏门六学士”之一。

题也足轩（并序）

简州景德寺觉范道人[1]，种竹于所居之东轩，使君杨梦贶题其轩曰“也足”[2]，取古人所谓“但有岁寒心，两三竿也足”者也，仍为之赋诗[3]。余辄次韵[4]。

道人手种两三竹，使君忽来唾珠玉[5]。
不须客赋千首诗，若是赏音一夔足[6]。
世人爱处但同流[7]，一丝不挂似太俗[8]。
客来若问有何好，道人优昙远山绿[9]。

注

1 简州：古州名，治所在安阳县，今属四川。觉范道人：即释德洪，作者忘年交。

2 杨梦贶：觉范道人与作者友人。

3 仍：又；且。

4 辄：便，就。

5 唾珠玉：形容写出优美诗文。

紫竹

Phyllostachys nigra （Lodd. Ex Lindl.） Munro

6 赏音：犹知音。一夔足：此谓知音得一而足。

7 同流：志同道合。

8 一丝不挂：谓鱼不受钓丝挂碍，佛教用以比喻不为尘俗所牵累。

9 优昙：优昙钵花略称，梵语音译。优昙钵，即无花果树。唐·张谓《送僧》诗："手持贝多叶，心念优昙花。"

米芾

公元1051—1107年，字元章，号海岳外史，襄阳（今属湖北）人。官至礼部员外郎。北宋书法家、书法理论家、画家，工诗文，书画自成一家，精于鉴别。北宋“四大书法家”之一，俗称“书痴”。

题南昌县君临偃竹

偃蹇宜如季，挥毫已逼翁。
卫书无曲妙，琰慧有遗工。
乍睹虬为物，初披飒有风。
顾藏维谨钥，化去或难穷。

三友百禽图
边景昭（约14—15世纪）

竹下仕女图
改琦（公元1773–1828年）

李清照

公元1084–1155年，号易安居士，济南（今山东）人。为李格非之女，嫁赵明诚。宋代著名女词人，婉约派代表。金兵入侵中原时，流寓南方，境遇孤苦。所作词，前期多写其悠闲生活，后期多悲叹身世。其用字婉妙，而不妨音律。《声声慢》一词卓绝千古。

孤雁儿（并序）

世人作梅词，下笔便俗。予试作一篇，乃知前言不妄耳。

藤床纸帐朝眠起，
说不尽、无佳思。
沈香断续玉炉寒，伴我情怀如水。
笛里三弄，梅心惊破[1]，多少春情意。

小风疏雨萧萧地，
又催下、千行泪。
吹箫人去玉楼空，肠断与谁同倚？
一枝折得，人间天上，没个人堪寄。

注

1 “笛里三弄，梅心惊破”，其寓意竹与梅春意盎然，坚贞芬芳。此词为李清照早期作品，又似乎预示其后半生坎坷孤独。

陈与义

公元1090-1139年，字去非，号简斋，洛阳（今属河南）人。翰林学士，官至参知政事。南宋初年著名诗人，工于填词，其诗词疏朗明快，自然浑成。

食笋

竹君家多材，楚楚皆席珍[1]。
成行着锦袍[2]，玉色映市人[3]。
惠然集吾宇，老眼檐光新。
麯生亦税驾[4]，共慰藜藿贫[5]。
不待月与影，三人宛相亲。
可怜管城子[6]，头秃事苦辛。
按谱虽同宗[7]，闻道隔几尘[8]。
诗成聊使写，一笑惊比邻。

注

1 楚楚：鲜明且茂密。席珍：席：众多。唐·苏源明《元包经传·太阴》："群类囷育所化者，众也；席类物植所生者，多也。"珍：珍宝。

2 着，穿着。锦袍：锦制的长袍。此指笋壳外表如穿锦袍。

3 玉色：美好如玉之貌。指光滑如玉竹竿。

4 麯：同"麴"酒母也。税驾：犹停车。谓休息或归宿。

5 藜藿：即藜与藿，贫困者所食野菜。

6 "管城子"句：唐·韩愈《毛颖传》："遂猎，围毛氏之族，拔其毫，载颖而归，……秦始皇使蒙恬赐之汤沐而封诸管城，号曰管城子。"毛颖：即毛笔、以笔拟人，为笔作传。后来即遂以毛颖，或以管城子为毛笔代称。宋·黄庭坚《戏呈孔毅父》："管城子无食肉相，孔方兄有绝交书。"

7 按谱：看谱，打开谱。

8 几尘：尘当权小计量单位，《周髀算经·小数》："纤，十沙；沙，十尘。"

淇水清风　夏昶（公元1388–1490年）

岳飞

公元1103-1142年，字鹏举，汤阴（今河南）人。历史上著名战略家、军事家、民族英雄、抗金名将，最后被秦桧暗害，时年39岁。民间相传历史上影响最为深广民族英雄，在杭州西湖边有其朝堂墓地，供人瞻仰。

题雩都华岩寺

手持竹杖访黄龙，旧穴空遗虎子踪。
云锁断岩无觅处，半山松竹撼秋风。

岁寒抱节
吴昌硕
（公元1844–1927年）

黄公度

公元1109-1156年，字师宪，莆田（今属福建）人。绍兴中进士第一，终考功员外郎。

谢傅参议彦济惠笋用山谷韵[1]

北方九月霜，宾盘无生菜。
岭南信地暖，穷冬竹萌卖[2]。
君念庾郎贫[3]，茧栗供庖宰[4]。
中有岁寒姿，真时久不坏。
前身渭川侯，千亩偿宿债[5]。
珍可配天花[6]，贱不数石芥。
早薤与晚菘[7]，奴仆望宾介[8]。
文园酒渴馀[9]，想不厌姑嘬[10]。
预恐吹作竹，明日东风噫。
急须驱儿童，倾筐携采采。

国际竹藤中心安徽太平试验基地
竹诗词石刻群

注

1 参议：官名。惠笋：赠笋。山谷：宋代黄庭坚自号山谷道人。

2 竹萌：笋之别称。

3 庾郎：南朝齐，庾杲之为尚书驾部郎，家清贫，食唯有韮菹，瀹韮，生韮，杂菜。任昉戏之曰：“谁胃庾郎贫？食鲑常有二十七种。”三九二十七，音谐三韮。

4 茧栗：兽角初生形如茧如栗。此指笋子。庖宰：掌膳食之善。

5 宿债：旧欠债务。

6 天花：雪花。

7 晚菘：白菜，青菜，青菜类蔬菜。

8 宾介：宾，即客人。古时主有傧相迎客，宾有随从通传叫介。

9 文园：汉文帝墓所。

10 姑嘬：用嘴快速吸食。《孟子·滕文公》：“蝇蚋姑之嘬之。”

陆 游

公元1125-1210年，字务观，号放翁，越州山阴（今浙江绍兴）人。孝宗时赐进士出身，后官至宝章阁待制。著名诗人、词人。中年时入蜀抗金，军旅生活充实其文学内容，诗歌具有民族爱国主义思想。一生创作诗歌甚多，诗作清新、豪放。

赠竹十韵

放翁小筑湖西偏[1]，虚窗曲槛无炎天。
人间乃有真富贵，绕舍十万碧玉椽[2]。
连林娟娟泫清露[3]，高枝袅袅摇苍烟。
常忧俗客触新粉，屡戒园丁伤逸鞭[4]。
凉生尊罍消午醉[5]，声撼窗扉惊昼眠。
春残劚土得美茁[6]，气压卿相食万钱[7]。
尔来作吏若堕阱[8]，每一梦到心凄然。
还家再见却惝怳[9]，尘土何地从臞仙[10]。
囊中幸藏餐玉法[11]，欲屏万事相周旋。
更当待月出东岭，坐石泠泠挥响泉[12]。

注

1 小筑：环境幽雅园林建筑，或相当精舍，别墅一类。此为诗人奉祠家居时于山阴镜湖偏西（在今浙江绍兴市会稽山北麓）建造住宅。

2 碧玉椽：指用翠绿润泽如玉，修长挺拔如长椽竹竿作屋椽。既是对竹雅称，也极言其珍贵。

3 泫：露水下垂状。

4 逸鞭：形容土中快速生长竹鞭。

5 尊罍：尊：同“樽”，樽和罍为两种盛酒器，罍为古代铜制酒器。此泛指酒器。

6 劚土：挖土、翻耕。美茁：美味笋子。

7 食万钱：指每天食用耗费上万铜钱，喻生活极为豪华奢侈。

8 尔来：近来。堕阱：坠入陷井。谓官务所羁绊，难以脱身。

9 惝怳：失意，心神不快。

10 臞仙：臞，又作“（癯）”。身姿清瘦仙人。亦多指体瘦而精神健朗老人。旧时文人常用以谦称。

11 餐玉法：古代相传椎玉为屑，日日服食，可以延寿之法。

12 泠泠：清凉，冷清。

拳石新篁图
顾安
（公元1289—1365年后）

杨万里

公元1127–1206年，字廷秀，吉州吉水（江西）人。1154年进士。历任国子博士、太常博士、太常丞兼吏部右侍郎。生性耿直，不惧权贵。南宋杰出诗人，诗文豪放，且无不尽妙。与陆游、范成大、尤袤并称“南宋四家”。

新竹

东风弄巧补残山，一夜吹添玉数竿[1]。

半脱锦衣犹半著，箨龙未信怯春寒[2]。

注

1 玉：指竹。《骈字类编·珍宝门·玉竹》：“王世贞《万玉山房记》：万玉者，万竹也。君子比德如玉，已而比玉于竹。玉温润而泽，缜密以栗，竹之质同也。玉有礼地之珪曰琅玕之青碧，竹之色同也。叩之清越以长，竹之音同也。音之在乐有八而各居其一，又同也。玉称君子，竹亦称君子，又同也。”

2 箨龙：笋又一别名。未信：犹不信。

朱熹

公元1130-1200年，字元晦，谥文，婺源（今属江西）人。绍兴进士，累官宝文阁待制。南宋著名理学家、教育家、思想家、哲学家，工诗文，世称“朱子”，是孔子、孟子以来最杰出弘扬儒学大师。

公济惠笋次韻

新笋因君寄，康庐入梦中[1]。
丹元余故宅[2]，翠竹尚余风。
日日来威凤[3]，年年馔箨龙[4]。
犹嫌有兼味[5]，不似一源功[6]。

注

1 康庐：简陋且安定寄居小屋。

2 丹元：道家语，所谓心之神，唐·李商隐《戊辰会静中出贻同志二十韻》：“丹元子何索，在已莫问邻。”故宅：旧宅或故乡住宅。

3 威凤：古时传说凤有威仪，故称威凤。《关尹子九药》：“威凤以难见为神，是以圣人以深为根。”

4 馔：食用。箨龙：对笋又一美称。

5 犹嫌：犹其怀疑或不足。兼味：两种以上的菜肴。唐·杜甫《客至》：“盘飧市远无兼味，樽酒家贫只旧醅。”

6 源：水流起头地方。《礼·月令·中夏之月》：“命有司祈祀山川百源。”后引申为事物来源起因。

苦笋贴
怀素（公元725–785年）

徐侨

公元1160-1237年，字崇甫，号毅斋，义乌（今属浙江）人。南宋淳熙进士，累官宝谟阁待制。

竹布道服[1]

智创轻我节，工闲妙出机。

疏风宁事扇，被体若无衣。

颇与山翁称，何嫌俗子讥。

此君元我契，相与不相违。

注

1 竹布：用嫩竹茎加工制成纤维织成之布，故名。《南方草木状》："箪竹叶疏而大，一切相去六七尺，出九真。彼人取嫩者硾浸纺织为布，谓之竹疏布。"《新唐书·地理志七上》："韶州始兴郡……，土贡竹布，钟乳，石斛。"九真：郡名。公元前3世纪末，南越赵佗所置。公元前111年入汉，辖境相当今越南清化全省及义静省东部地区。北宋苏东坡曾称："食者竹笋、庇者竹瓦、载者竹筏、焚者竹薪、衣者竹皮、书者竹纸、履者竹鞋，真可谓不可一日无此君也。"中国人数千年来以竹作筷，至今仍然爱不释手。据传宋女诗人朱淑真酒宴戏作谜语："两家娘子小身材，捏着腰儿脚便开。若要尝中滋味好，除非伸出舌头来。"据称："东坡作书，竹纸居十之七八"。

文天祥

公元1236-1283年，初名云孙，字天祥，号文山，庐陵（今江西吉安）人。理宗时举进士第一，主抗金派首领。被俘后累以高官厚禄诱降，坚决不从而被杀害，成为历史上有气节民族英雄。

过零丁洋

辛苦遭逢起一经，干戈寥落四周星。

山河破碎风飘絮，身世浮沉雨打萍。

惶恐滩头说惶恐[1]，零丁洋里叹零丁[2]。

人生自古谁无死，留取丹心照汗青[3]。

注

1 惶恐滩：即指黄公滩，是赣江十八险滩中一滩。在今江西万安县境。

2 零丁洋：在广东中山县南珠江入海口水域，今名为伶丁洋。

3 汗青：竹片炙烤杀青后，书写上字就成了史册或书籍，古人称为“竹书”寓意流芳后世。

释道璨

宋代人，字无文，俗姓陶，隆兴南昌（今属江西）人。度宗咸淳年间主饶州荐福寺。能诗，时享大名，为退庵空禅师法嗣。

题景苏堂竹[1]

一叶复一叶，也道几翻覆。
一点复一点，书墨要接续。
亲见长公来[2]，一节不肯曲。
见竹如见公，北麓能不俗[3]。
回首熙丰间[4]，几人愧此竹？
翰墨直枝叶[5]，点化到草木[6]。
长公有深意，此事付北麓。

注

1 景苏堂竹：景苏堂前之竹。景苏：旧堂名，在今江西瑞昌。相传苏轼路过此处，于亭子山岩石上题字，以余墨洒丛竹间，其新篁枝叶俱带墨痕。世称“东坡竹”。南宋·王景琰任瑞昌主薄时，将其竹移植于苏轼昔时住处，并悬匾于其所居厅堂，题曰“景苏堂”，以示景仰之意。

2 长公：指苏轼。轼诗文雄视百代，又于兄弟行中居长，于是人尊称曰长公。

3 北麓：王景琰称号。

风竹图　李陂（约公元10世纪）

4 熙丰间：宋神宗熙宁（公元1068–1077年）和元丰（公元1078–1085年）两个年号的并称。

5 翰墨：即笔墨。汉·张衡《归田赋》：“指翰墨以奋藻，陈三王之轨模。”后多指喻诗文书画之类。

6 点化：点染美景，亦有指点教化，开导领悟之意。

严　参

生于公元13世纪，字少鲁，自号三休居士，邵武（今属福建）人。与严羽、严仁齐名，号"三严"。

沁园春·题吴明仲竹坡[1]

竹焉美哉，爱竹者谁，曰君子欤[2]。向佳山水处，筑宫一亩[3]，好风烟里，种玉千余[4]。朝引轻霏[5]，夕延凉月，此外尘埃一点无。须知道，有乐其乐者，吾爱吾庐[6]　。

竹之清也何如。应料得诗人清矣乎。况满庭秀色，对拈彩笔，半窗凉影，伴读残书。休说龙吟[7]，莫言凤啸[8]，且道高标谁胜渠[9]。君试看，正绕坡云气，似渭川图[10]。

注

1　吴明仲：人名。

2　君子：指竹坡主人吴明仲。欤：感叹。

3　宫：古代泛称房屋为"宫"。指建于风景区住所。

4　玉：指竹。

5　轻霏：竹林淡薄雾气。

6　吾爱吾庐：我爱我自己房舍。晋·陶潜诗："众鸟欣有托，吾亦爱吾庐。"

青皮竹

Bambusa textilis McClure

7 龙吟：即龙鸣。借指洪亮吟啸或箫笛类乐器响亮声音。也喻人有才干和抱负。南朝梁·刘孝先《咏竹》诗："谁能制长笛，当为吐龙吟。"

8 凤啸：凤凰鸣叫。借喻奏琴瑟笛类乐器清亮悦耳。

9 高标：清高脱俗风范和品格。竹修长挺拔而有节，因以喻竹。唐·韩愈《新竹》诗："高标陵秋严，贞色夺春媚。"渠：他。指竹或竹坡主人。

10 渭川：即渭河，黄河最大支流。古传其地多竹。《史记》记载"齐鲁千亩桑麻，渭川千亩竹……此其人皆与千户侯等。"

金 元

丘处机

公元1148–1227年，字通密，道号长春子，山东栖霞人。金世宗时弃家学道，成吉思汗时掌管天下道门事物。在道教历史和信仰中，丘处机被奉为全真道“七真“之一，后居太极宫。

无俗念[1]·竹

虚心翠竹，禀天然。一气生来清独[2]。月下风前堪赏玩，嘲谑令人无俗。嫩叶萧骚，隆冬掩映，秀出千林木。英姿光润，状同玄圃寒玉[3]。

竹西草堂图　张渥（公元？– 1356年）

好事东里田侯，南溪新种，使我开青目[4]。尽日高吟窗外看，风飐筠梢摇绿。冉冉幽香，萧萧疏影，坐卧清肌肉。云龛闲伴，雅怀惟称仙福[5]。

注

1 词牌，《念奴娇》别名。

2 一气：指形成天地万物之本原。清独：清高特出。

3 玄圃：神话中昆仑山顶仙人住所。

4 东里田侯：作者自注乃东邻庵主。

5 云龛：指出家人栖息之所；雅怀：洁雅情怀。

马天来

公元1172-1232年，字云章，山西介休人。经义进士，金宣宗贞祐间官至国史院编修。

赋丹霞寺下竹

人天解种不秋草[1]，

欲界独为无色花[2]。

注

1 人天：佛家语，指人道和天道或泛指人世间和众生。宋·陆游诗："小室古城隅，宛如野僧房。能容人天众，杂沓来烧香。"不秋草：指竹。秋冬不凋。

2 欲界：佛语，"三界"即欲界、色界、无色界。唐·白居易："欲界凡夫何足道，四禅天始免风灾。"无色花：佛教称精神最高境界。

白 珽

公元1248-1328年，字廷玉，浙江杭州人。入元后，官至浙江儒学副提举，兰溪州判官。其诗语言质朴自然，婉丽恬淡，格调高雅。

竹阴

占断人间潇洒地[1]，全身水墨画筼筜。
非烟非雾一林碧，似雨似晴三径凉[2]。
翠袖佳人黯空谷[3]，白髭道士隐南塘。
数竿醉日君须记，移向西窗补夕阳。

注

1 占断：据有。潇洒：清高脱俗。唐·李白诗："右军本清真，潇洒在风尘。"

2 三径：借指隐居者竹林居所。

3 翠袖佳人：化自唐·杜甫《佳人》诗句："天寒翠袖薄，日暮依修竹。"空谷：深谷。《诗经·小雅·白驹》："皎皎白驹，在彼空谷。"

吴 镇

公元1280-1354年，字仲圭，号梅花道人，浙江嘉兴人。元朝著名画家，一生清贫，终身不仕。

野 竹[1]

野竹野竹绝可爱，枝叶扶疏有真态[2]。
生平素守远荆榛[3]，走壁悬崖穿石埭[4]。
虚心抱节山之阿[5]，清风白月聊婆娑。
寒梢千尺将如何，渭川淇奥风烟多。

注

1 野竹：生长于远离城镇荒山野外竹林。野：常表示质朴而桀骜不驯。

2 真态：本色、天赋。宋·苏轼《欧阳少师令赋所蓄石屏》："含风偃蹇得真态，刻画始信天有工。"

3 素守：平素一惯操守。荆榛：犹荆棘。泛指丛生多刺灌丛。后多用以喻恶人。

4 石埭：用石块砌垒石坝。指交错耸立岩石。

5 山之阿：山势弯曲处。屈原《九歌·山鬼》："若人有兮山之阿，被薜荔兮带女罗。"

踏歌图（局部）
马远（约公元12-13世纪）

成廷珪

公元1292-1363年，字原常，一字元章，又字礼执，江苏芜城（今江都县境）人。好读书、工诗。奉母居市尘，植竹庭院，扁其芜息之所曰：居竹轩。晚年因遭乱，避地吴中。

题崔原亨竹深处（并序）

余家有竹数竿，号居竹轩。原亨城西时有竹，亦数竿，号竹深处。余与崔君通家来往，所好同，故及之。

居竹轩中也自宽[1]，不愁无地著琅玕。
文公胸次空千亩[2]，李侗门前只一竿[3]。
天与老夫医恶俗，日凭童子报平安。
崔家别墅犹高致[4]，迟子归来守岁寒。

注

1 居竹轩：诗人植竹庭院，其燕息之所曰居竹轩。在今江苏扬州市。

2 胸次：胸怀、胸间。宋·黄庭坚诗："豁然开胸次，风至独披襟。"文公：即指文同，字与可，锦江道人。皇祐道士，元丰初任湖州太守。善画山水，犹长墨竹，创"湖州竹派"。自谓"画竹必先胸有成竹，不能节节叶叶为之。"宋·晁补之诗："与可画竹时，胸中有成竹。"

3 李侗：字愿中。从同郡罗从彦习理学。其弟子朱熹辑侗平时讲授语录为《延平答问》。

4 高致：极致、极度。

雪渔图
无名氏
（约公元10世纪）

明朝

张以宁

公元1301-1370年，字志道，号翠屏山人，古田（福建）人。元泰定进士，官翰林侍读学士。明初文学家。

题边鲁生墨竹为汪大雅[1]

白沙旧游边鲁生[2]， 凤城今识汪大雅[3]。
忽见此君如故人， 满室清风共潇洒。

注

1 边鲁：元代宣城人，字至愚，号鲁生，善画墨竹花鸟。汪大雅：此借指元明间人汪广洋，朱元璋时累官右丞相，后为胡惟庸党案，谪海南，赐死。

2 白沙：地名，有三地。此指江西波阳县西，汉武帝使下濑将军出白沙。

3 凤城：相传秦穆公之女弄玉，吹箫引凤，凤凰降于京城，故曰丹凤城。后因称京都为凤城。此指明军攻克元都。

刘三吾

公元1319—1400年，初名如孙，以字行，自号坦坦翁，茶陵（湖南）人。元末任广西静江路儒学副提举，洪武十八年，被荐召至京师，授左赞赏，升翰林学士。

又题庭竹

十年种竹今始长，一日非君无与交。
寒谷已随龙化去，丹墀再睹凤来巢。
酒阑月在黄金地，琴罢风生翠玉梢。
我欲留题赋清韵，恐惊猿鹤怪相嘲。

朱元璋

公元1328-1398年，字国瑞，濠州钟离（安徽凤阳）人。明朝开国皇帝，号明太祖。出身贫寒，曾作和尚，在位31年。

咏雪竹

雪压竹枝低[1]，虽低不着泥。

明朝红日出，依旧与云齐。

注

朱元璋曾在庐山，留有《颜仙诗》句："炼丹利济几何年，朝耕白云暮种竹。"

1 凌霜傲雪诗咏颇多。宋·王安石诗："曾于蒿藜同雨露，终随松柏到冰霜。"杨万里诗："凛凛冰霜节，修修玉雪身。"梅尧臣诗："莫言霜雪多，终见绿有余"。

雪竹图
徐熙（约公元10世纪）

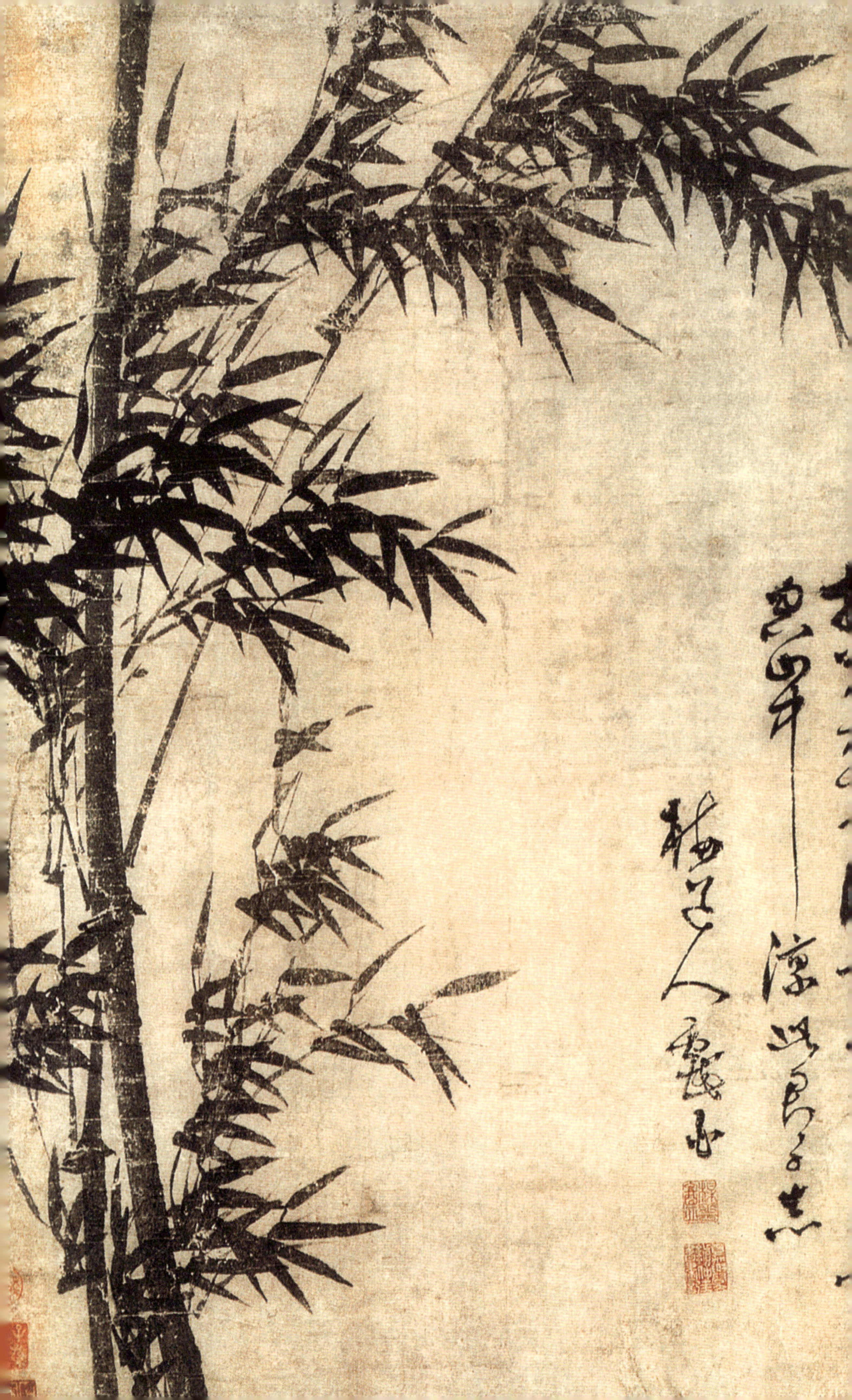

王 绅

公元1360-1400年，字仲缙，浙江义乌人。明建文帝时官至国子博士，有志于学。明朝著名诗人。

题墨竹

潇湘江上暮云迷[1]， 落日无人翠羽低 。

舣棹黄陵庙前宿[2]， 一篷春雨鹧鸪啼 。

注

1 潇湘：湖南零陵西北潇水与湘水汇合处。苏轼曾作《潇湘竹石图》，并为宋迪画《潇湘晚景图》题诗三首。元朝、明朝人跋语多处出现“潇湘”字样。如“应写潇湘雨后枝”（叶湜）；“地远潇湘云”（梁复初）；“写出一幅潇湘烟”（月波道人）；“竹石点染潇湘姿”（夏邦模）。后来“潇湘”便常与“竹石”联系在一起了。

2 舣棹：舣：船拢岸。晋·左思《蜀都赋》：“试水客舣轻舟。”棹：划船拨水长桨。

风竹　吴镇（公元1280-1354年）

高启

公元1336-1374年，字季迪，江苏苏州人。明初朱元璋拟委任户部右侍郎，固辞不赴，又被召修元史，曾官翰林院国史编修，后坐事被杀。明代著名诗人，为“吴中四杰”之一。工诗，兼有众长。

爱竹轩为陈维寅赋

匡山老客何清真[1]，自绕园屋栽苍筠。
年来无肉虽苦瘦，家有万玉谁言贫。
一竿护惜不忍翦，何以持钓横江鳞[2]。
僮来扫叶自可喜，客至踏笋长遭嗔[3]。
钩辀啼罢结远梦[4]，碧云忽堕湘南春[5]。
凉阴翛翛润琴砚[6]，落翠冉冉沾衣巾[7]。
诗成时向节下写，醉墨点破烟痕新。
风来清啸与相答，若听金奏怡我神[8]。
知无颜色媚儿女，自古相爱惟幽人。
洛阳陌上花易过[9]，歌钟竞赏劳车轮[10]。
何如此君最耐久，岁晚诘托同情亲[11]。
乱声朝送簾外雨，疏影夜拂窗前尘。
我尝种此欲免俗，即今伐尽惟荆榛。
故园咫尺未能去，移家幸得为子邻[12]。
往来傥许如二仲[13]，敲门借看毋嫌频。

注

1 匡山：山名。即今江西庐山。也称匡庐。《梁书·刘慧斐传》："尝还都，途经寻阳，游于匡山。"老客：作者对诗题中陈维寅尊称。清真、纯洁朴素。《世说新语》："山公（涛）举阮咸为吏部郎，目曰：清真寡欲，万物不能移也。"

2 横江：横越江面。宋·苏轼《前赤壁赋》："白露横江，水光接天"。

3 遭嗔：受到责怪、埋怨。唐·李贺《野歌》："男儿屈穷心不穷，枯荣不等嗔天公。"

4 軥輈：泛指载客马车。

5 碧云：南朝梁·江淹诗："日暮碧云合，佳人殊未来。"后遂常用于别僧之语。唐·许浑《和刘三复送僧南归》诗："碧云千里暮愁合，白云一声春思长。"湘南：谓湖南省南部。南朝梁·何逊《七召》："陕西白柰，湘南朱橘。"

6 琴砚：琴和砚台，或指书房。

7 落翠：指露水滴落。

8 金奏：击钟及镈而奏九夏之乐。

9 陌上花：民歌名。宋·苏轼《陌上花引》："游九仙山，闻里中儿歌陌上花。父老云：吴越王妃每岁春必归临安，王以书遗刀曰：'陌上花开，可缓缓归矣。'吴人用其语为歌，含思宛转，听之凄然。"

10 歌钟：古代打击乐器，即编钟。铜制，用来配合歌曲。

11 诘托：相互依托。

12 移家：搬家至新居所，或称迁家。

13 二仲：指汉羊仲、求仲二人。晋·陶渊明《与子俨等疏》："但恨邻靡二仲，室无莱妇，抱兹苦心，良独罔罔。"

王绂

公元1362–1416年，字孟端，号友石生，又号九龙山人，毗陵（即今江苏武进县）人。任中书舍人，有《王舍人诗集》行于世。高洁脱俗，书法诗文皆出群，画竹石绝伦，名驰天下。

题雨竹

高轩置酒延夕曛[1]，眼前知己无如君。
枯肠醉后有芒角[2]，手挥高节凌青云[3]。
图成自觉精灵聚[4]，素壁俄然仪凤羽。
似得秋深直造来，翦烛连床听风雨。

注

1 高轩：高敞之轩。《后汉书·崔骃传》："据高轩，望朱阙"。延：停。夕曛：日落余辉。

2 枯肠：空肠，肠中无物。唐·郑嵎《津阳门》："开炉满饭相献酬，枯肠渴肺忘朝饥。"芒角：指笋初出土貌。

3 高节：高尚节操。《史记·田儋传》："太史公曰：田横之高节，宾客慕义而从横死，岂非圣贤？"青云：高空。楚辞屈原《远游》："涉青云以泛滥兮，忽临睨夫旧乡。"

4 图成：已谋取。精灵：灵魂。晋左思《吴都赋》："舜禹游焉，没齿而忘归，精灵留其山阿，翫其奇丽也。"

摆竹

Indonasa shibataeoides McClure

竹溪幽隐图（局部）　章谷（约公元17世纪）

解缙

公元1369–1415年，江西吉安人。明代第二位内阁首辅，著名学者。幼时聪慧过人，文思敏捷，下笔不能自休。1388年举进士，官至翰林学士兼右春坊大学士。才高好直言，为人所忌，屡遭贬黜，终下狱被杀。

竹溪春晓图为刘孟雍题[1]

武林溪远桃千树[2]， 汴水春深柳万条[3]。

何似此君多胜概， 偏宜清隐绝法嚣。

翠禽啼处烟如线， 锦箨裁来雪未消。

却笑此生惭六逸， 相思为寄白云遥。

注

1 竹溪：地名。在今山东泰安县东南徂来山，唐诗人李白在徂来山竹溪结社，为孔巢父、韩准、裴政、张叔明、陶沔六人，日以饮酒赋诗为乐，号为“竹溪六逸”。

2 武林：山名，即今浙江杭州市西灵隐山。汉书：“钱塘有武林山，武林山水所出”。后多用以指抗州。宋·苏轼诗：“沙漠回看清禁月，湖山应梦武林春。”

3 汴水：又名汴河，汳水，汴渠。古汴水的河道，元时为黄河所夺，今已淤塞。隋以后的汴水故道，由前故道至河南商丘县南，改东南流经安徽宿县、灵壁、泗县入淮河。隋炀帝幸江都，直至唐宋漕运东南各省的粮食入京师，皆由此道。今久湮废，仅泗县尚有汴水断渠。

徐庸

公元1421–1476年，字用和，湖广兴国（湖北阳新）人。成化进士，授官御史，后迁镇原知县；弘治中櫂淮安知府，终右副都御史，总督漕运。

晴竹

白露团团楚天碧[1]，凤凰叫起扶桑日[2]。
晴阳有影生竹枝，枝上鹧鸪啼不得。
江云初定江风静，江水无波若明镜。
照见灵妃一片心[3]，隔岸清歌有谁听。
翠华不来春杳杳[4]，泪痕积血愁中老。
锦瑟空弹五十弦[5]，九疑数点烟中小[6]。

注

1 白露：秋天露水。楚天：楚地天空。

2 扶桑：神木名，传说日出其下，屈原《离骚》："饮余马于咸池兮，总余辔手扶桑。"

3 灵妃：指仙女宓妃，即洛水女神。《索隐引如淳》："宓妃，伏羲女，溺死洛水，遂为洛水之神。"

4 翠华：用翠羽装饰于旗竿顶上旗，为皇帝仪仗。杳杳：深远幽暗。汉·刘向《九叹·远逝》："日杳杳以西颓兮，路长远而窘迫。"

5 锦瑟：绘文如锦之瑟。唐·李商隐《锦瑟》："锦瑟无端五十弦，一弦一柱思华年。"

6 九疑：山名，在今湖南宁远县之南。《史记》："（舜）葬于江南九疑"。《水经注·湘水》："蟠基苍梧之野，峰秀数郡之间，罗岩九举，名导一溪，岫壑负阻，异岭同势；游者疑焉，故曰九疑山。"

朱竹湖石
孙克弘（公元1533–1611年）

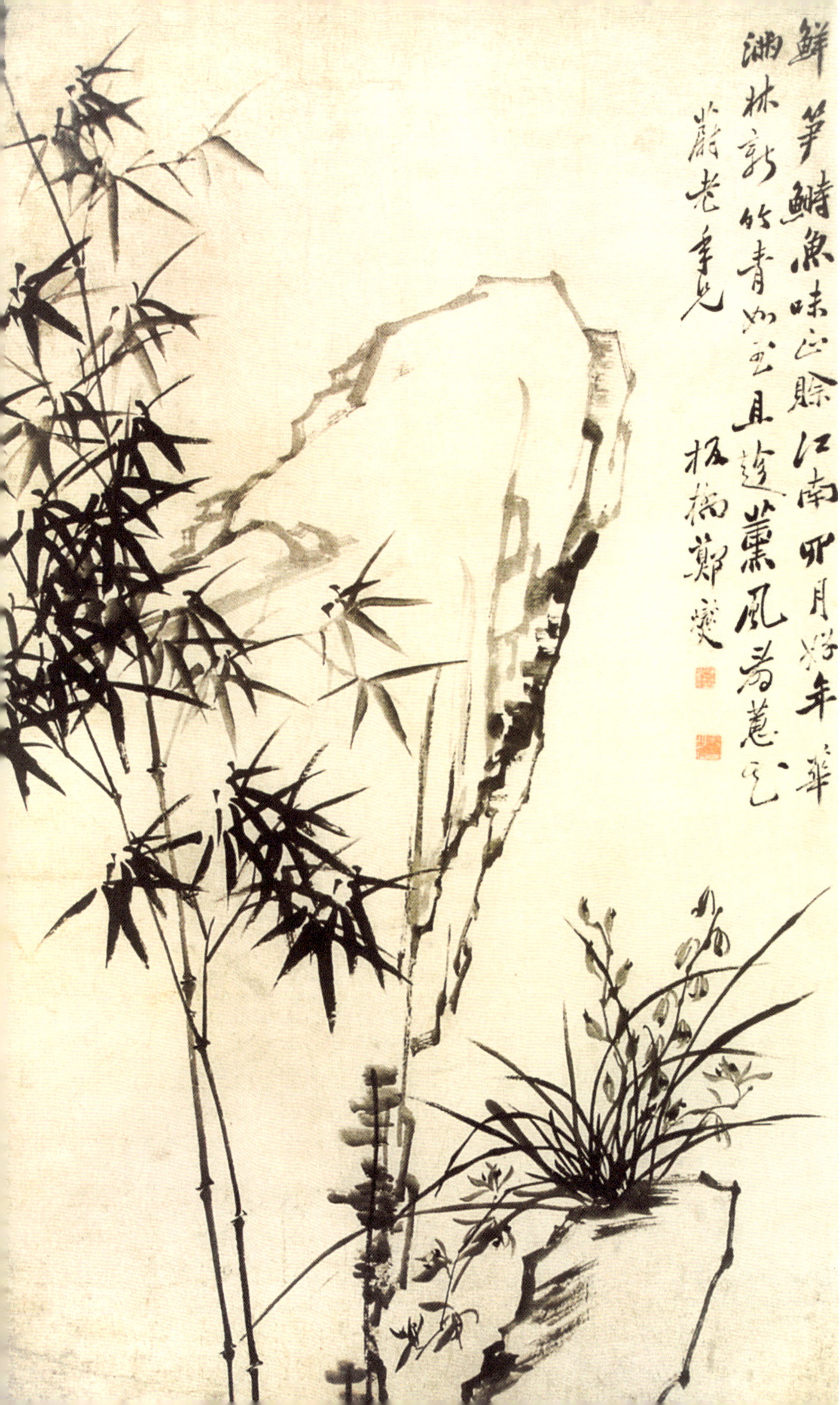
鮮筍鰣魚味正腴江南四月好年華
板橋鄭燮

程敏政

公元1445-1499年，字克勤，安徽休宁人。公元1466年举进士，官至明朝礼部右侍郎。明代学者。

兰竹图题赠萧给事文册乃郎赋秋试

湘皋春婉娩[1]，　居然见双清[2]。
幽香下覆之，　翠条仰而承。
高石既磊磈[3]，　新泉亦泓澄[4]。
临风况君子，　去住有余情。

注

1 湘皋：湘江岸边高地。婉娩：天气温和。宋·欧阳修《渔家傲》词：“三月清明天婉娩，晴川祓禊归来晚。”

2 双清：即指竹和兰。

3 磊磈：众石累积石山，亦即假山。扬州“个园”中四季假山使叠石造景达到登峰造极，其“个园”中“个”字乃竹字独体字，亦汉字中最早母字之一。

4 泓澄：水深而清澈见底。

兰竹
郑燮（公元1693-1765年）

吴 宽

公元1435-1504年，字原博，号匏庵，江苏苏州人。公元1472年举进士，官至明朝礼部尚书。明代诗人、散文家、书法家。

吴仲圭钩勒竹[1]

画家不见吴道子，石塔尚记梅沙弥[2]。
百年笔法兼众妙，又向人间看竹枝。
秦川织锦文琐碎，嶰谷截玉形参差。
苦心却怪扬雄语[3]，雕虫篆刻嗟何为[4]。

注

1 吴仲圭：吴镇字。

2 沙弥：佛教谓男子出家初受十戒者为沙弥。梅沙弥借指画家吴镇因其号为梅花道人。

3 扬雄：西汉蜀成都人，字子云。少好学，博览群书，长于辞赋，召写有《甘泉》、《河东》、《长杨》等赋。

4 雕虫篆刻：汉·扬雄《法言·吾子》曰："然，童子雕虫篆刻。"按西汉学童习秦书八体，虫书、刻符为其中两体，纤巧难工。后多指作辞赋雕章琢句，以喻小技末道。

双勾竹图　李衎（公元1224-1320年）

王寅

卒于1532年，字仲房，自号十岳山人，安徽歙县人。工诗，有《十岳山人诗集》四卷流传于世。

问竹

美哉孤竹君，与君豫言别。
结交不得常，谁为重高节。

唐寅

公元1470–1523年，字伯虎，又称唐伯虎，江苏吴县人。明朝“吴中四才子”之一，才情横溢，工诗画，其画擅山水、人物、花鸟。其诗多表达狂放和孤傲心境，以及对世态炎凉感慨。

题竹

修竹当窗白日迟， 山僧出定客来时[1]。

欲从节下题诗句， 妙在无言不在诗。

墨竹　唐寅（公元1470–1523年）

注

1 山僧：山野佛寺僧人或僧人自谦。出定：僧人结束打坐，恢复常态。唐·方干诗：“思山海月上，出定印香终。”

王九思

公元1468-1551年，陕西户县人。公元1496年举进士，官至明朝吏部郎中。明代文学家，倡导文必秦汉，诗必盛唐。

渭川怀康子也三首[1]

渭川有竹，其叶脩脩。
繄彼美人，于焉逍遥[2]。
爱而弗觌，我心摇摇[3]。

渭川有竹，亦滨于水。
繄彼美人，莫我肯迩[4]。
愿言卜筑，于子之里[5]。

渭川有竹，风以散之[6]。
繄彼美人，何日见之。
何日见之，中心恋之。

墨竹坡石图
高克恭（公元1248–1310年）

注

1 康子：即指康老子。相传唐时长安有富家子康老子，酷爱音乐，家产因之荡尽。偶以贱价购得一旧锦褥，有波斯商识是冰蚕丝所织，给价千万。

2 繄彼：繄：是之意。彼：那个；他。于：在，通“於”。逍遥：安闲自在之貌。

3 弗觌：不可相见。摇摇：心神动荡。

4 肯迩：愿意接近。

5 卜筑：卜挂择地建屋。《梁书·刘讦传》：“曾与族兄刘歊听讲于钟山诸寺。因共卜筑宋熙寺东涧，有终焉之志。”于子：于：即指相依为居。子：即康子的略称。之里：这个宅院。

6 风：乐曲通名。

文徵明

公元1470-1559年，字征明，江苏吴县人。官至明翰林院待诏，后弃官归里，为“吴中四才子”之一。著名的画家、书法家、文学家，书画造诣极高，其诗、文、画无一不精。

五月十三日种竹

分得亭亭绿玉枝，　雨馀生意满阶除[1]。
凌霄已展疎疎叶，　护粉聊营短短篱。
肯信移来真是醉，　不愁俗在未能医。
人间此夜频前席，　凉月移窗更自宜。

注

1 阶除：阶沿。晋·陆机诗：“丰注溢修溜，黄潦浸阶除。”

墨竹图
文徵明（公元1470-1559年）

醉墨淋漓湿未乾拂雲犀玉倚秋看别来嶰谷空明月幾度淒涼笛裏寒
福徵
皇甫汸
玉蘭堂上寫琅玕只作吳興老可看一夜秋風動寒廓綠雲零落鳳毛寒
袁褧
徵明

四季平安
李衎
（公元1224—1320年）

顿锐

生于公元15世纪，字叔养，河北涿州人。公元1511年举进士，明武宗时官至户部主事。

对竹

何处山泉落石滩，虚檐十个瘦琅玕[1]。
凤翎摇影三更月[2]，鹤膝敲风一夏寒[3]。
深谢年年伴幽独[4]，曾教日日报平安。
绕阑粉箨成苍雪[5]，不觉春光过牡丹。

注

1 虚檐：托出伸延屋檐。唐·元稹诗："箫声吟茂竹，虹影逗虚檐。"十个：竹为两个字，另叶形如个，十为多。瘦琅玕：指竹。竹修长清癯，圆润如珠玉。

2 凤翎：借喻竹叶。

3 鹤膝：古代长兵器，矛之一种。因矛骹形如鹤膝隆圆，且上大下小。晋·左思《吴都赋》："家有鹤膝，户有犀利渠，军容蓄用，器械兼储。"一夏：整个夏季。

4 幽独：幽寂孤独；指人感孤寂。唐·岑参诗："故人尽荣宠，谁念此幽独。"

5 粉箨：指众多身披白粉当年新笋竹。唐·李远诗："圆节不教伤粉箨，低枝犹似拂霜坛。"

吴承恩

公元1506-1582年，字汝忠，号射阳山人，明淮安府山阳县（今江苏淮安县）人。明代著名小说家，其《西游记》享誉全球。

浣溪沙

紫笋成竿过粉墙，
碧梧垂叶荩银床，
朱楼倒影入金塘。

鹊尾闲添龙脑润，
兔毫新泼凤团香，
画屏欹枕看潇湘。

夏玉秋声
夏昶（公元1388-1490年）

戛玉秋聲

吴国伦

公元1524–1593年，湖北阳新县人。公元1550年举进士，历任建宁同知、邵武知府、高州知府、河南参政。明朝著名文学家。

题 竹

竹里名依华子冈[1]，何年移傍此君堂。
鲜筠裛露丹珠细[2]，劲节凌霄绿玉长。
数亩繁阴飘陆海[3]，万竿疏雨过潇湘。
樽邀梁孝园中月[4]，袖拂元卿径里霜[5]。
羌笛未裁龙兢奏[6]，秦箫欲截凤先翔[7]。
婕娟隔幔琴徽冷[8]，蒽蒨临池水脉香[9]。
居士风流还洛下[10]，故人消息半山阳[11]。
异时看去同谁好，独有王猷兴更长[12]。

注

1 竹里：华子冈，为唐代王维，蓝田别墅两景点，竹里为“竹里馆”简称。王维诗曰：“飞鸟去不穷，连山复秋色。上下华子冈，惆怅情何极。”

2 裛露：沾湿。晋·陶潜《饮酒》：“秋菊有佳色，裛露掇其英。”

3 陆海：大高原。旧指关中一带。极言山川物产富饶，万物所出，谓之陆海。

4 梁孝园：园囿名，在今河南开封市东南。汉代梁孝王刘武所筑。为游赏及延宾之所。一名梁园、梁苑，又称兔园。南朝齐·王融诗：“霤庭参辩爽，梁园豫才邹。”

5 元卿：上卿。

6 羌笛：管乐器。原出古羌族。汉·马融《长笛赋》：“近世双笛从羌起。”唐·王之涣《凉州词》：“羌笛何须怨杨柳，春风不度玉门关。”

苦笋赋贴　黄庭坚（公元1045–1105年）

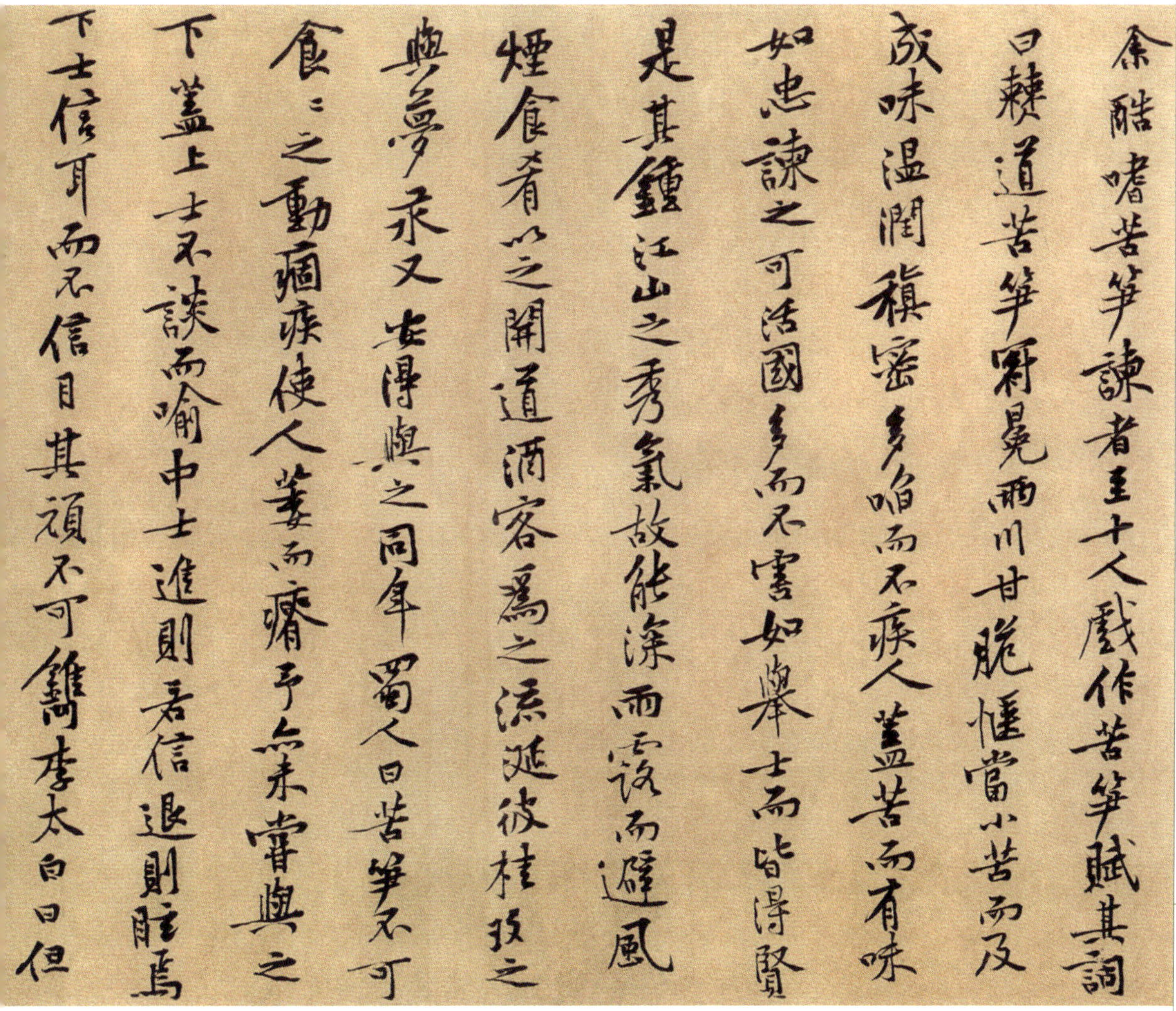

7　秦箫：谓秦女弄玉吹箫神话故事。

8　娗娟：苗条貌，常借指竹。南朝齐·谢朓《秋竹曲》："娗娟绮窗北，结根未参差。"南朝梁·沈约《湘夫人》："一杨蛾一含睇，娗娟好且修。"比喻美女。

9　葱蒨：青翠茂盛貌。南朝宋·颜延之《杂体诗》："青林结冥蒙，丹山献被葱蒨。"水脉：地下潜流。

10　洛下：此指唐代香山居士白居易晚年居洛阳香山。

11　山阳：古县名。在今河南辉县境内，其西南十里竹林寺，世称竹林七贤游宴处。

12　王猷：即晋王子猷。

董其昌

公元1555-1636年，号思白，华亭（今上海松江）人。万历进士，官至礼部尚书。著名书画家，其诗、文、书、画、篆刻俱工，卓然大家。

广陵舟次题房先侍御画竹

一派湖州画里诗，　娟娟疏筱两三枝。

朝来邛水帆前雨，　正是龙孙长箨时。

花竹栖禽图

王武（公元1632-1690年）

學古而不泥其迹汪鈍翁論文之一法也溪窗
對雨寫此自謂與畫工習氣未當少有合於
前人否丁巳春杪忌蓀氏記

林登秀

明代诗人。

梅都尉园看竹[1]

人去秦台竹尚青，四时疑有彩云停。
霜中节凛孤臣操[2]，地下根分贵主灵[3]。
三径阴森连旧阙[4]，半溪烟雨暗荒亭。
孤枝为染虹桥血[5]，化碧竿头似有腥。

注

1 都尉：官名。秦实行郡县制，郡，置郡守，丞尉。梅都尉为作者朋友。

2 孤臣：单身在外作官。唐·崔滁诗："孤臣一身千里外，未知归日是何年。"

3 贵主：公主或尊称他人之主。唐·沈金期诗："皇家贵主好神仙，别业初开元汉边。"指梅都尉。

4 旧阙：历史长久宫阙。

5 虹桥：拱桥。唐·上官仪诗："雨雾虹桥晚，花落凤台春。"指彩虹。

双勾竹图　金湜（约公元1482–1520年）

清朝

董元恺

公元1635-1687年，字舜民，号子康，长州（江苏苏州）人。顺治举人。清代著名词人。

沁园春·青墩竹[1]

十亩溪流，绿竹千竿，环绕孤村。看抽梢挺节，漪漪临水[2]，和烟滴露，冉冉凌云。声佛琴埃，色侵书帙[3]，一日何堪无此君[4]。开三径[5]，待七贤六逸[6]，风月平分。

檀栾清影缤纷[7]。听昨夜惊雷迸藓痕[8]。正半脱锦绷[9]，根添凤尾[10]，新涂粉节[11]，箨解龙孙[12]，上番须留[13]，玉肌细劈[14]，鲑菜盘中佐酒樽[15]。深林外，任平安日报[16]，密掩柴门[17]。

注

1 青墩：地名，作者晚年在武进郊外住地。

2 漪漪：风拂水落石面漾起波纹。此指竹林轻盈摇曳如风荡起水波。清·李香林《题竹》诗："千霄修竹自漪漪，十载相违每系思。"

3 书帙：包书布套，也泛指书籍。唐·杜甫《严郑公宅同咏竹》诗："色侵书帙晚，阴过酒樽凉。"

4 此君：指竹。

5 三径：指家园或竹林隐者住所。

6 七贤六逸：指魏晋"竹林七贤"和唐代"竹溪六逸"。

7 檀栾：竹代称。

国际竹藤中心安徽太平试验基地　竹诗词石刻群

8　迸：冒，顶破。此喻竹笋破土而出。

9　锦绷：包裹初生婴儿锦被，此喻笋壳。

10　凤尾：凤凰尾羽。竹类中有凤尾竹，因亦泛指竹，此喻笋。宋·范成大诗："松根当路龙筋瘦，竹笋漫山凤尾齐。"

11　粉节：新竹节带有白粉。唐·殷文圭《题友人庭竹》诗："钿竿离立霜文静，锦箨飘零粉节深。"

12　龙孙：比喻新竹。宋·陆游《夏日》诗："将雏燕子渐离巢，过母龙孙已放梢。"

13　上番：头批。唐·杜甫诗："无数春笋满林生，柴门密掩断人行。会须上番看成竹，客至从嗔不出迎。"

14　玉肌：洁白圆润如玉肌肤。因比喻洁白润泽之物。如花瓣、竹笋等。金·施宜生诗："百步清香透玉肌，满堂皓齿转明眉。"

15　鲑菜：古时吴地称鱼菜为鲑菜或作鱼类菜肴总称。

16　平安日报：即"竹报平安"。

17　密掩柴门：此用杜甫诗中："柴门密掩断人行"句意，谓护笋闭柴门，拒访者。

蒲松龄

公元1640–1751年，字留仙，号柳泉，山东淄博人。世称聊斋先生。71岁成贡生。康熙年间诗人，著有《聊斋志异》，享誉全球。

怜竹

种竹东南隅，三年挺劲姿。
五月初陨箨，数尺尚无枝。
风雨声萧萧，直上覆茅茨。
今遭土木劫，林中尽成蹊。
方当构造日，正值勾萌时。
发掘根委地，践踏叶沾泥。
春残不抽笋，窃料无孑遗。
迟久生孤竹，较常亦衰羸。
此君自兹病，来岁益支离。

墨竹
柯九思（公元1290–1343年）

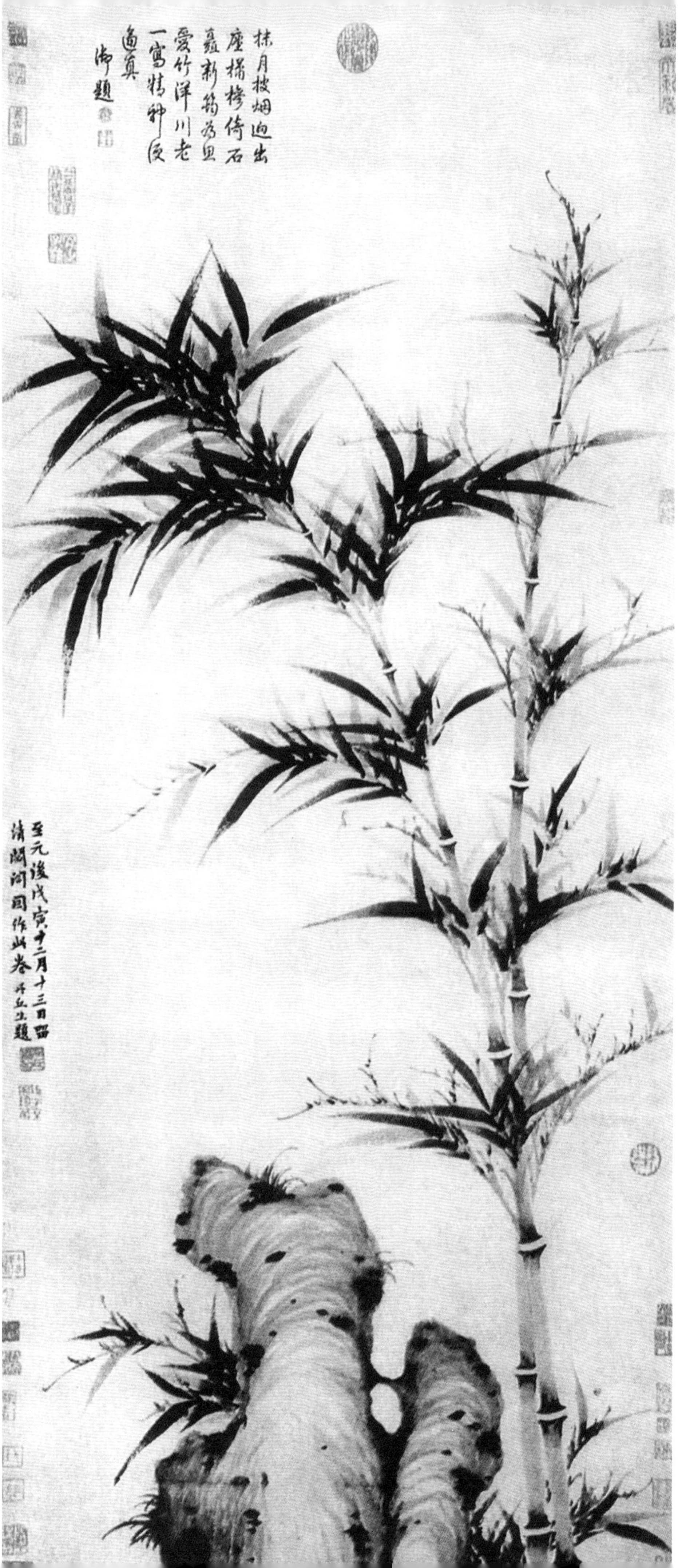
抹月披烟迥出
塵擢梢倚石
蘊新筠為思
愛竹洋川老
一寫精神便
逼真
御題
至元後戊寅十二月十三日留
清閟閣因作此卷
丹丘生題

爱新觉罗·玄烨

公元1654–1723年。清朝第二代皇帝，年号康熙，在位61年。提倡“满汉一家”，注重汉文化，是一位励精图治、关心民生著名皇帝。

题墨竹

浓墨丛篁写意生，风枝欲动不闻声。

虚怀还待寒松友，记与瑶篇识重轻。

注

北京红螺寺，《光绪顺天府志》记：“康熙三年，圣驾幸临，设御座于山亭，亭下有竹甚茂，上命内侍记其数，凡六百余竿云。”今已一片竹林，万万竿矣，与“紫藤寄松”和“夫妻树”并称为红螺寺“三绝”。在镇江竹林寺，有清康熙亲笔书“竹林禅寺”四字于山门石额。王安石《竹林寺》诗：“风泉隔屋撞哀玉，竹月缘阶贴碎金。”苏东坡有：“古寺满修竹，漫林闻杜鹃。”

竹石图
石涛（公元1642–1707年）

四十年來畫竹枝日間揮寫夜間思冗繁削盡留清瘦畫到生時是熟時
乾隆戊寅十月下浣板橋鄭燮畫並題

郑燮

公元1693–1765年，号板桥，江苏兴化人。1736年举进士，官至山东范县、潍县知县，有惠政。著名画家、文学家，诗、书、画旷世独立，世称“三绝”。擅画兰竹，一生画竹最多。居扬州，卖画为生，为“扬州八怪”之首。《道情十首》唱遍大江南北。

新竹

新竹高于旧竹枝，全凭老干为扶持。
明年再有新生者，十丈龙孙绕凤池[1]。

注

1 龙孙：指新竹。凤池：对池塘美称。唐·武元衡诗：“今日重烦相忆处，春光知绕凤池浓。”

幼竹
郑燮（公元1693–1765年）

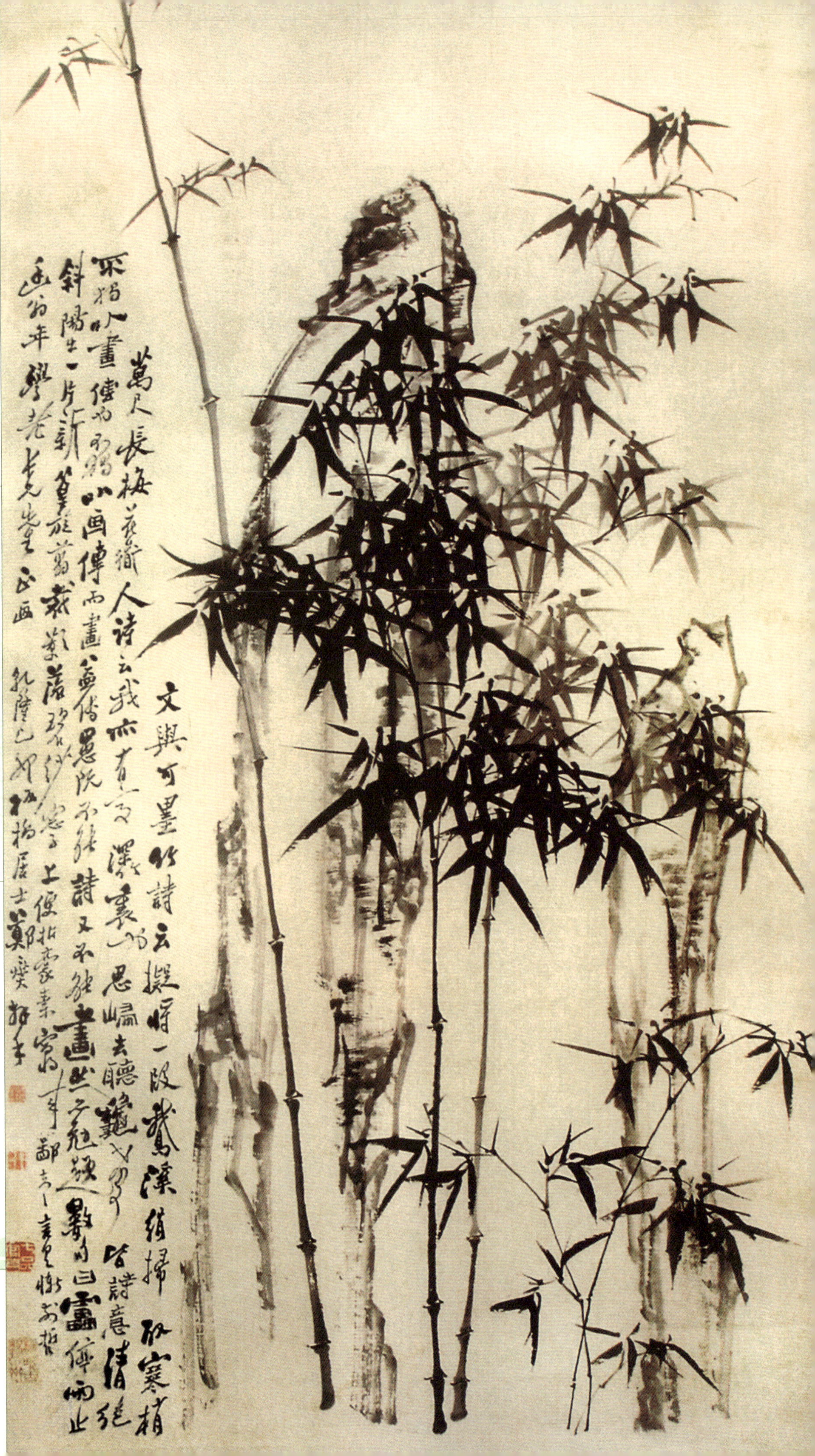

郑 燮

咏竹[1]

未出土时先有节，

及凌云处尚虚心。

注

1　此系郑燮录宋人李师直《咏竹》诗中句为联。原诗为“未出土时先有节，便侵云去也无心。”改“无”为“虚”，一字之改重千钧，全诗升华为人格化。“凌云虚怀”品德赞颂。如柳宗元诗：“进箨分古节，青筠报虚心”。宋·黄希旦诗：“劲节虚心受岁寒，为尝暂变风霜色。”

墨竹　郑燮（公元1693–1765年）

郑 燮

潍县署中画竹呈年伯包大中丞括[1]

衙斋卧听萧萧竹[2]，疑是民间疾苦声。

些小吾曹州县吏[3]，一枝一叶总关情。

注

1 潍县：古县名。今山东潍坊市。年伯：科举时代尊称与父亲同年登科者，或指父辈。包大中丞括：对包括敬称。包括，钱塘人，曾在山东任政使，署理中丞。中丞前加“大”字，示尊敬。

2 衙斋：衙署中官员起居处。萧萧：指风雨中竹冠摇动发出声音。

3 些小：细小；喻卑微。吾曹：我辈。

墨竹

郑燮（公元1693–1765年）

衙齋臥聽蕭蕭竹疑是民間
疾苦聲些小吾曹州縣吏
一枝一葉總關情
鄭燮

郑燮

竹石

咬定青山不放松[1]，立根原在破岩中。
千磨万击还坚劲，任尔东西南北风[2]。

注

1 咬定：紧紧咬住，指竹根深扎石缝，如咬住，喻坚韧不拔。

2 任尔：随你。

焦山之竹
郑燮（公元1693–1765年）

咬定青山不放鬆立根原在亂崖
中千磨萬折還堅勁任爾東西南
北風
板橋老人鄭燮

爱新觉罗·弘历

公元1711–1799年，号长夏居士，年号乾隆，在位60年。在位期间，平定大小叛乱，巩固多民族国家发展，六次下江南，文治武功兼修，与其祖父康熙并称“康乾盛世”。倡汉文化，喜诗文、书画，工书善画，且竹诗甚多。

竹溪延爽

栈道盘盘细迳长，森森扶嶂矗丛篁。

人间六月暑如炽，便可其间纳翠凉。

杜陵诗意图（局部） 谢时臣（公元1487–1567年）

曹雪芹

公元1715-1764年，名霑，号雪芹，满洲正白旗人。小说家、文学家。出身于“百年望族”大官僚家庭，后因家庭衰败而饱尝世间炎凉。工书善画，才情横溢，创作世界名著《红楼梦》。

罗帕题竹诗

彩线难收面上珠，湘江旧迹已模糊。

窗前亦有千竿竹，不识香痕渍也无。

潇湘风竹

李方膺（公元1695-1754年）

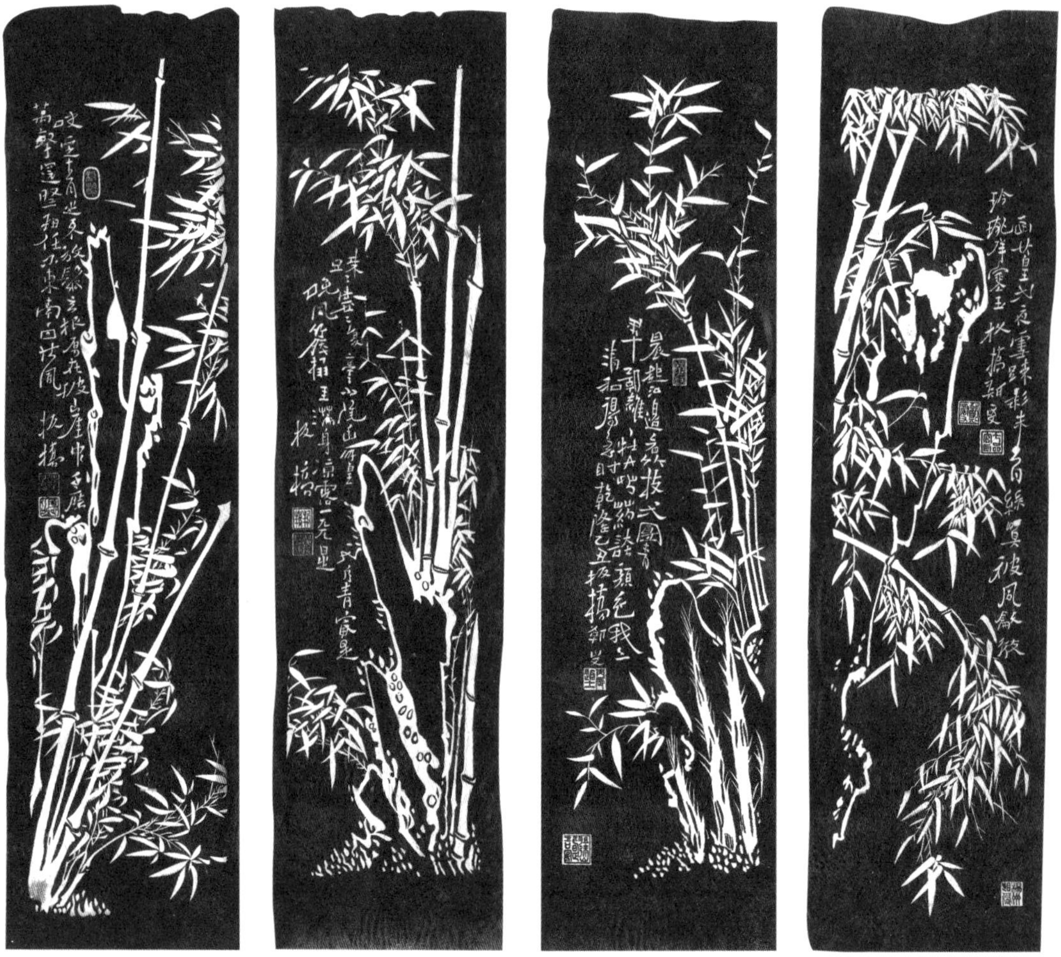

四季竹碑帖　郑燮（公元1693–1765年）

袁 枚

公元1716–1798年，字子才，号简斋，晚号随园老人。1739年进士。历官溧水、江宁等知县。40岁即告退，在江宁小苍下筑园名“随园”，吟咏其中，广招诗学弟子。诗人、散文家，与赵翼、蒋士铨合称“乾隆三大家”。

题养竹山房

梅里先生爱养竹，当作儿孙常伴读。
闭户雅闻风雨声，开窗便骇须眉绿。
有子能诗抱逸才，与余谈论辄心开。
他年门外风枝响，防是袁安雪后来。

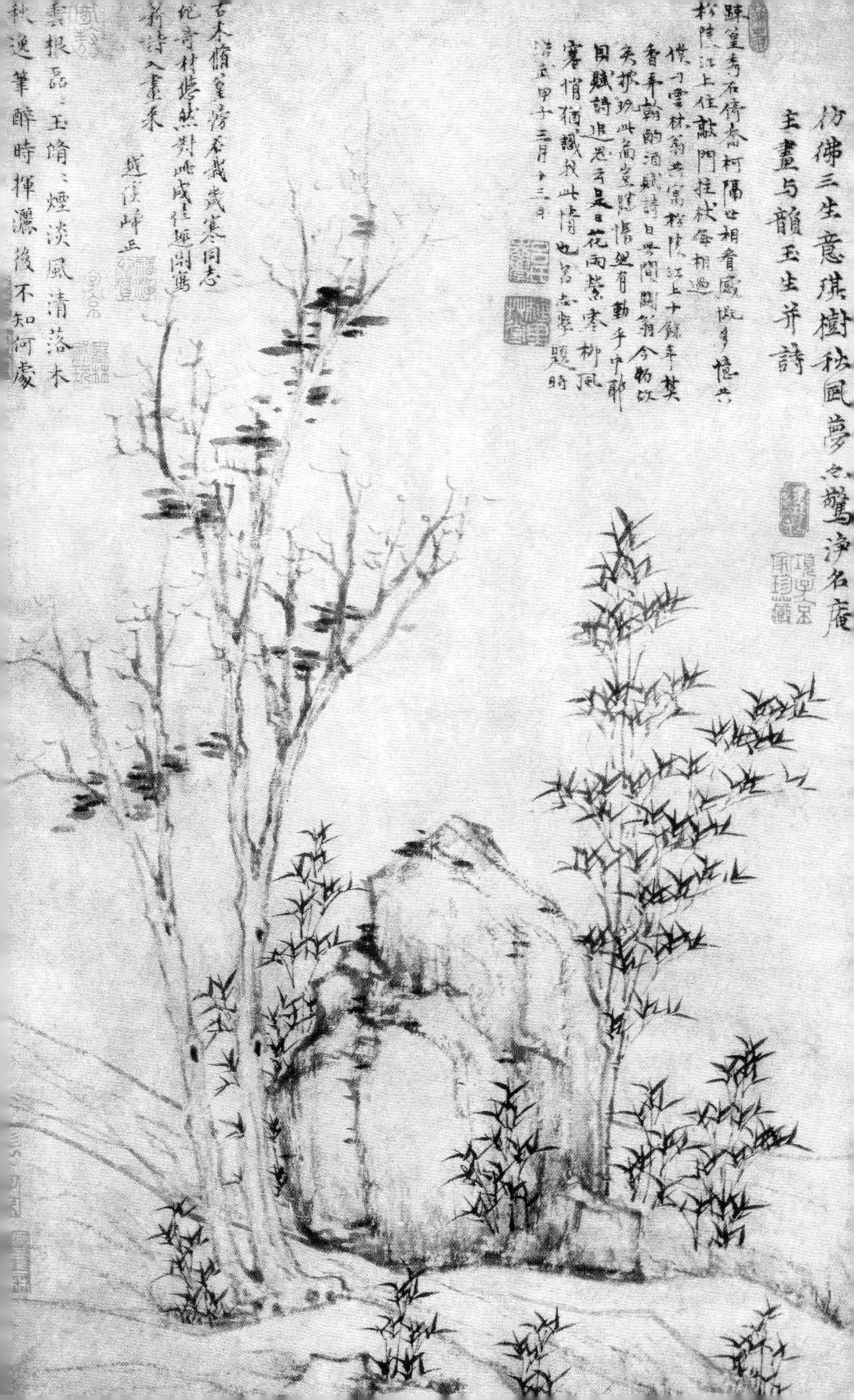
仿佛三生意琪樹秋風夢
淨名庵
主畫与韻玉生并詩

周济

公元1781–1839年，江苏宜兴人。1805年举进士，官至淮安府学教授，为清朝词人及词论家。

疏影·风竹

亭亭袅袅。料碧痕一饷[1]，无此风调。日莫天寒，翠袖人来[2]，无端却恨秋早。红衣褪尽莲房冷[3]，问那忆、侵肌凉好。但隔帘、看取玲珑，便尔为伊倾倒。

几许花须柳眼[4]，一生尽付与，烟散云渺。吹入秋心[5]，依旧萧疏，不管群芳如扫。竹幡莫向人间借[6]，算此意、少儿应晓。二四番[7]仍要催春，孤负年年芳草[8]。

注

1 一饷：片刻。饷：此处用“晌”。唐·韩偓诗：“两情含眷恋，一饷致辛酸。”

2 “日莫”二句：此化用杜甫诗：“天寒翠袖薄，日暮倚修竹。”日暮，同“日莫”。

3 红衣：荷红花瓣。唐·赵嘏诗：“紫艳半开篱菊静，红衣落尽渚莲愁。”褪：萎谢。莲房：荷花果实。荷花瓣脱落后花托上各个小孔间隔如房。北周·王褒诗：“渔舟钓欲满，莲房采半空。”

4 花须柳眼：花蕊和嫩柳叶。花蕊如须，初生柳叶犹如惺忪睡眼。唐·李商隐诗：“花须柳眼各无赖，紫蝶黄蜂俱有情。”

5 秋心：秋日萧索愁怀。唐·白居易诗：“东南门馆别经岁，春眼怅望秋心悲。”

6 竹幡：传说可以避风朱红色旗幡。

7 二四番：二十四番花信风简称。二，即二十。古人把从农历小寒到谷雨共四个月、一百二十天有八个节气，每个节气为三候。每候五日，应以一花，称花信。

8 孤负：同“辜负”。

琪树秋风图
倪瓒（公元1301–1374年）

龚自珍

公元1792-1841年，字尔玉，号定庵，浙江杭州人。1829年举进士，官至礼部主事。清代思想家、文学家及改良主义先驱者。诗文自成一家，以奇才名天下。

修竹

墅东修竹欲连天，苦费西邻买笋钱。

此是商鞅垦土令，不同凿空误开边。

严 复

公元1854—1921年，字又陵，福建福州人。1876年留学英国，任京师大学堂译局总办、京师大学堂校长等职。中国近代启蒙思想家、翻译家，将西方社会学、经济学、哲学和自然科学等作系统介绍，其维新派思想对近代中国有重要影响。

竹

何年鸾尾坠清虚，化作人间水竹居。
有客到门来得得，一心咒笋长徐徐。
梢新幸喜无人翦，发短何堪对汝梳。
安得霜竿落吾手，扁舟南去老桐庐。

国际竹藤大

國際竹

图书在版编目（CIP）数据
绿竹神气：中国一百首咏竹古诗词精选 / 彭镇华,江泽慧编著.
北京：外文出版社，2012
ISBN 978-7-119-08025-3
Ⅰ. ①绿… Ⅱ. ①彭… ②江… Ⅲ. ①古典诗歌－诗集－中国 Ⅳ. ①I222
中国版本图书馆CIP数据核字(2012)第230111号

总 策 划：江泽慧　周明伟
协调统筹：李智勇　徐　步　彭红明
中文编辑：曹晓娟　康　涛
责任编辑：胡开敏　杨春燕
装帧设计：北京大盟文化艺术有限公司

封面题字：彭镇华
本书图片主要来自《绿竹神气》（万首专著版）及国际竹藤中心、国际竹藤组织

绿竹神气
——中国一百首咏竹古诗词精选
彭镇华　江泽慧　编著

出 版 人：徐　步
出版发行：
外文出版社有限责任公司（中国北京百万庄大街24号　100037）
http://www.flp.com.cn
电话：008610-68320579（总编室）　008610-68995852（发行部）
008610-68327750（版权部）　008610-68996190（编辑部）
印制：北京雅昌彩色印刷有限公司
开本：787mm×1092mm　1/16
印张：12.5　字数：80千字
装别：精装
版次：2012年第1版　2013年第1版第2次印刷
书号：ISBN 978-7-119-08025-3
定价：198.00元

綠林神氣